Karl Gengenbach

Wahre Geschichten
von Damals und Heute
Karl Gengenbach

In diesem Buch finden sie eine bunte Auswahl unglaublicher Geschichten von Damals und Heute. Diese Geschichten sind, bis auf wenige Ausnahmen, tatsächlich passiert. Karl Gengenbach

Herstellung und Verlag: BoD - Books on Demand, Norderstedt
ISBN 978-3-7431-9976-7

1. Der alte Hut
2. Der Heiermann
3. Inflation und Währungsreform
4. Karbidschießen
5. Überleben
6. Die Schnaken
7. Der Tante-Emma-Laden
8. Muckefuck
9. Der Bart muss weg
10. So verhandelt man richtig
11. Meine ersten Zigaretten
12. Wie ich fast aufhörte zu rauchen
13. Endlich Nichtraucher
14. Die Nichtraucher sind schuld
15. Großvater
16. Adieu Figaro
17. Der Heimwerker
18. Richtig reklamieren
19. Der wahre Jakob
20. Wohin gehen meine Klamotten?
21. Super-Schnäppchen
22. Nimm doch ab und zu mal ab
23. Fastenzeit und Fastentricks
24. Macken und Marotten
25. Der Tollpatsch
26. Gute alte Zeit
27. Neger, Neger, Schornsteinfeger
28. Hornissen, Wespen und Käfer
29. Unser Haus jammert
30. Man spricht deutsch
31. Die neue Hose
32. Nie mehr all inclusive
33. Eyjafjallajökull
34. Der typische Schwabe

35. Schnorrer
36. Gefährliche Farben
37. Sperrmüll
38. Der alte Sack
39. Die neuen Einachser
40. Wohin mit dem Papier
41. Alles für die Katz
42. Aussichtspunkte
43. Sandalen-Abenteuer
44. Haustiere
45. Das Buch
46. Vereinsmeier
47. Keiner setzt sich neben mich
48. Ich fahre mit dem Bus seit 1960
49. Neues vom Linienbus
50. Goldrausch
51. Der obszöne Anruf
52. Wo verstecke ich mein Geld?
53. Versteckte Hinweise
54. Hotel zum Goldenen Bullen
55. Wendepunkte
56. Nervige Aliens
57. Die reale Welt
58. Die Dichterlesung
59. Tattoo? Ja oder Nein.
60. Die Schatzkiste
61. Doppelmoral
62. Geldanlagen
63. Weg mit dem Bargeld
64. Immer die Radfahrer
65. Der Radweg
66. Zum Schluß das Allerletzte

1. Der alte Hut
Der liebe Gott sieht alles,
der Zoll sieht noch mehr.

Meine Lehre hatte ich in einer Stahlgroßhandlung. Damals gab es noch nicht den Ausdruck Azubi. Ich war einfach der Stift.

Als Lehrling musste ich unter anderem auch Ausgänge machen. Mit dem Betriebsfahrrad fuhr ich zur Post und leerte das Postfach. Auf der Bank musste ich am Monatsende Lohngelder holen. Das waren immer einige Tausend Mark. Diese hatte ich in einer alten Aktentasche über den Lenker gehängt. So etwas wäre heute von einem Azubi undenkbar.

Als Stahlgroßhändler bezogen wir auch Ware aus dem Ausland. Vorwiegend aus Schweden, aber auch aus der Schweiz. Kleinere Sendungen gingen über das Zollamt an der Durlacher Straße. Die musste ich entzollen.

Der Firmeninhaber war Diplomingenieur und ging regelmäßig auf Reise. Dabei kam er auch öfter in die Schweiz.

Eines Tages erhielten wir einen Anruf vom Zollamt. Dort sei ein Päckchen für meinen

Chef angekommen. Eigentlich erwarteten wir keine Sendung und wussten nicht, was da ankommt. Ich schwang mich also auf das Fahrrad und radelte zum Zollamt.

In der Halle waren 10 oder 12 Kabinen. Ich weiß es nicht mehr genau. In diesen Kabinen konnte man Sendungen entzollen. Allerdings waren nur zwei besetzt. Wenn die Kabine besetzt war leuchtete auf der Stirnseite eine rote Lampe. Bei den anderen Kabinen waren die Lampen ausgeschaltet.

Vor den beiden Kabinen warteten schon zahlreiche Leute. Aus Erfahrung wusste ich, dass es nun Stunden dauerte, bis ich an die Reihe kam. Dazu hatte ich überhaupt keine Lust.

Ich setzte mich auf eine freie Bank und beobachtete die leeren Kabinen. Plötzlich sah ich in einer Kabine einen Schatten. Aha, da war ein Beamter.

Ich stand auf, ging zu der Kabine und klopfte. Dann trat ich ein. Der Beamte wollte zuerst nicht gestört werden, dann war er aber doch neugierig und fragte, warum ich hier bin.

Ich gab ihm die Benachrichtigung und er ging davon um die Sendung zu holen. Nach kurzer Zeit kam er mit einem Päckchen und öffnete es. In dem Päckchen war ein alter, speckiger Hut, sonst nichts. Der Beamte nahm den Hut und schaute ihn genau an. Er schaute unter das Schweißband, aber da war nichts. Es war nur ein alter Hut. Dann kamen auch noch zwei Kollegen dazu und alle schauten den Hut an. Sie drehten und wendeten ihn, konnten aber nichts Verdächtiges finden und gaben mir schließlich das Päckchen. Zoll musste ich keinen zahlen.

Ich lieferte den Hut im Büro ab. Dort war inzwischen ein Brief von einem Schweizer Hotel angekommen. Darin wurde uns mitgeteilt, dass der Chef den Hut im Hotel vergessen hatte. Der Hut würde separat an uns geschickt. Aha, das erklärte alles.

Die Beamten im Zollamt haben sich sicher noch Tagelang Gedanken gemacht, was es mit dem alten Hut auf sich hat. Immerhin wurde durch den Hut ihre Routine unterbrochen. Was hatte ich daraus gelernt? In Zukunft wartete ich auf dem Zollamt nicht mehr stundenlang bis ich an der Reihe war, sondern wandte meine neue Taktik an.

2. Der Heiermann
*Einst die beliebteste Münze,
nun kommt er wieder,
oder auch nicht.*

Als wir noch die Deutsche Mark hatten gab es den Heiermann. Das war das bekannte 5-Mark-Stück. Die älteren unter uns können sich noch gut an den Heiermann erinnern. Die Jugend wohl kaum. Woher der Name kam ist umstritten. Aber praktisch war das 5-Mark-Stück schon.

In meiner Jugendzeit konnte man mit einem 5er in die Kneipe gehen und einige Biere trinken.

Viele Jahre später reichte er nur noch für Zigaretten. In der Gaststätte hingen meistens zwei Zigarettenautomaten. Draußen vor der Tür und im Flur. Mit dem 5er konnte man ganz einfach jede Schachtel Zigaretten ziehen.

Auch an jeder Straßenecke hing ein Automat. Deshalb hatte ich immer einige 5er in der Tasche. Heute sind die Zigarettenautomaten viel komplizierter, deshalb gehen viele Raucher gleich zur Tankstelle und holen sich dort ihre Marke.

Es gab auch noch andere Bezeichnungen für das Geld. Der Hunni war natürlich der Hunderter und der Riese war ein Tausender. Den sah man aber selten. Das 50-Pfennig-Stück war der Fuchs.

Fuchsen war eine beliebte Beschäftigung unter uns Jungen. Jeder hatte eine Handvoll Pfennige dabei. Dann warf jeder einen Pfennig gegen die Hauswand oder eine Mauer. Wer am nächsten lag gewann. Als wir älter waren und schon Geld verdienten machten wir das Spiel mit Markstücken. Manche taten es sogar mit dem 5er.

Von der Großmutter hörte ich mal den Begriff Goldfuchs. Damit war das 20-Mark-Stück gemeint. Es enthielt 7,16 Gramm Feingold, also etwa eine viertel Unze. Bei den heutigen Goldpreisen wären das etwa 300 Euro gewesen. Dann gab es noch eine 5-DM-Silbermünze welche Silberadler genannt wurde.

Mit Einführung des Euro verschwanden diese Münzen. Es gab keinen Heiermann mehr und auch keinen Tausender. Schade eigentlich. Aber es gibt Hoffnung. 2016 kam endlich wieder ein Fünfer auf den Markt. Die neue Fünf-Euro-Münze Planet Erde ist die erste Münze mit einem transparenten Kunststoffring. Wir bekommen jetzt also Plastikgeld. Die Entwicklung dieser Münze hat acht Jahre gedauert. Ob man damit allerdings Zigaretten ziehen kann ist fraglich. Die kosten inzwischen ja schon 6 Euro.

Allerdings habe ich bisher noch keinen neuen 5er gesehen. Diese Münzen werden von Möchtegern-Sammlern gehortet und kommen erst gar nicht in den Umlauf. In 10 Jahren sind sie vielleicht 10 Euro wert, oder auch nicht. Vielleicht kann man sie dann noch als Chip für Einkaufswagen verwenden.

3. Inflation und Währungsreform
Das erste Opfer des Krieges
ist stets die Wahrheit. Jeder
verlor sein Erspartes und kei-
ner verstand so richtig, was
damals passiert ist.

Neulich ärgerte ich mich mal wieder, weil die Preise für Lebensmittel klammheimlich gestiegen waren. Überall waren es um die 10 Cent mehr. Aber warum rege ich mich auf. Ich dachte an meine Großeltern, die bei der

Inflation 1923 ihre gesamten Ersparnisse verloren. Wie fast alle Deutschen auch.

Mein Großvater hatte den ersten Weltkrieg miterlebt, aber nie viel darüber erzählt. Über die Jahre von 1914 bis 1918 wollte er schon gar nicht reden. Aber manchmal erzählte er vom Jahr 1923, als die Inflation ihren Höhepunkt erreichte.

Ich war noch ein kleiner Junge und konnte gerade mal bis 10 zählen. Alles darüber war für mich einfach viel. Großvater zeigte mir Geldscheine mit 1 Million Mark, mit 100 Millionen Mark ja sogar mit Milliarden und Billionen Mark. Mit diesen Zahlen konnte ich nichts anfangen. Ich hatte zwar schon italienische Geldscheine gesehen. Die hatten viel mehr Nullen als unsere und waren so groß wie ein Gästehandtuch. Erst viel später verstand ich, was der Großvater damals erzählte.

Zu Kriegsbeginn 1914 waren die Preise für Lebensmittel noch ganz normal:

Kartoffeln kosteten 15 Pfennig pro Kilo.
Ein Ei kostete 8 Pfennig.
Ein Liter Vollmilch 24 Pfennig.
Ein Kilogramm Butter 2,60 Mark.
Ein Kilo Roggenbrot 28 Pfennig.

Und ein Dollar 4,20 Mark.

Von Herbst 1922 an stiegen die Preise permanent an und die deutsche Mark sackte ins Bodenlose. Im November 1923 kostete der Dollar 4,2 Billionen Mark. Kaum, jemand begriff, was da geschehen war. Auch heute, drei Generationen später ist es nahezu unglaublich.

Bereits im Juni 1923 kostete ein Ei anstatt 8 Pfennige nun schon 800 Mark.
Ein Liter Milch (24 Pfennige) 1.440 Mark.
Ein Kilo Kartoffeln (15 Pfennige) 5.000 Mark.
Und der Dollar bereits 100.000 Mark.
Eine Fahrt mit der Straßenbahn 600 Mark.
Am 2. Dezember 1923 erreichte der Wahnsinn seinen Höhepunkt.

1 Ei (8 Pfennig) 320 Milliarden Mark
1 Liter Milch (24 Pfennig) 360 Milliarden Mark
1 Kilo Kartoffeln (15 Pfennig) 90 Milliarden Mark
1 Kilogramm Butter (2,60 Mark) 5,6 Billionen Mark.

1 Kilo Roggenbrot (28 Pfennig) 470 Milliarden Mark.
1 Fahrt mit der Straßenbahn 50 Milliarden Mark
Das Porto für einen Inlandbrief betrug 420 Milliarden Mark.
Und 1 Dollar kostete 4,21 Billionen Mark.

Aus dieser Zeit gibt es einige Beispiele. Eine Familie verkaufte ihr Haus und wollte nach Amerika auswandern. Schon am Hamburger Hafen reichte das Geld nicht mehr für die Überfahrt, ja nicht einmal mehr für das Bahnticket nach Hause.

Ein anderes Beispiel. Ein Cafe-Besucher trank zwei Tassen Kaffee zum Preis von je 5.000 Mark. Als er die Rechnung erhielt standen darauf 14.000 Mark. Begründung er hätte beide Tassen gleichzeitig bestellen sollen. Zwischen der 1. und 2. Tasse ist der Preis auf das Doppelte angestiegen.

Da wollten Leute ins Theater und hatten ein paar Hundert Millionen Mark dabei. Das Geld reichte aber nicht, denn die Preise an der Abendkasse waren inzwischen auf 1 Milliarde Mark gestiegen.

Als der Dollar dann bei knapp 4,2 Billionen Mark stand musste die deutsche Regierung handeln. Am 15. November begann die Ausgabe der Rentenmark mit einem Umtauschkurs von einer Rentenmark zu einer Billion Mark. Aus den Kriegsschulden des Deutschen Staates von 164 Milliarden Mark waren nun 16,4 Pfennige geworden. Diese Kriegsschulden hatte der Staat bei seinen Bürgern, denn er hatte den Krieg mit Kriegsanleihen finanziert. Der Deutsche Staat war eindeutig der Gewinner und seine Bürger waren die Verlierer. Auch alle Besitzer von Sachwerten wie Immobilien gehörten zu den Gewinnern.

Verlierer waren diejenigen, die über Ersparnisse verfügten, aber keine Sachwerte besaßen. Ihr über das ganze Leben angespartes Geld war plötzlich nichts mehr wert.

Die deutschen Sparer hatten ihr gesamtes Vermögen verloren. Dazu gehörten auch meine Großeltern. Sie waren Verlierer.

Die Inflation fand im November 1923 durch die Einführung der Rentenmark ein Ende. Am 30. August 1924 wurde dann wieder die goldgedeckte Reichsmark eingeführt. Nun folgten die Jahre des Wirtschaftsbooms. Diese Jahre zwischen 1924 und 1929 nannte man auch die goldenen Zwanziger Jahre.

Jetzt konnten meine Großeltern wieder anfangen zu sparen, bis der nächste Krieg kam. Der zweite Weltkrieg. Trotzdem hatten sie bis 1948 einige Reichsmark zur Seite gelegt. Dann kam die Währungsreform. Am 20. Juni 1948 hatte die Reichsmark ausgedient. Einen Tag später war die neue DM das einzige Zahlungsmittel. Jeder Bürger bekam ein Kopfgeld von 40 DM bar ausgezahlt. Die alte Reichsmark wurde anschließend im Verhältnis 1:10 umgetauscht. Das bedeutete, für 10 Reichsmark bekam man 1 DM.

Die Sparguthaben wurden abgewertet auf 10 % der ursprünglichen Summe. Über Nacht wurden so die kleinen Sparer ihres Vermögens beraubt. Meine Großeltern gehörten wieder dazu. Die Hälfte des Geldes wurde außerdem auf einem Festgeldkonto blockiert. Davon wurden später noch einmal 70 % gestrichen. Letzendlich blieben dem Sparer nur noch etwa 6,5% von seinen Ersparnissen. Allerdings wurde das Kopfgeld von 40 DM angerechnet, so blieb dem Sparer effektiv nichts mehr übrig. So verloren meine Großeltern nach 1923 zum zweiten Mal ihr gesamtes Vermögen.

Nach dem Stichtag füllten sich die Schaufenster der Geschäfte plötzlich wieder mit Waren. Wo diese auf einmal herkamen wusste keiner. Die Schwarzmarktgeschäfte waren vorbei und Hamsterfahrten auf das Land ebenfalls.

Fazit: Nicht Geld, Gold, Edelsteine oder Kunstwerke, allein Grundbesitz ist sicher.

Immerhin blieb uns die DM bis 1. Januar 2002 und verschwand wieder, als der Euro kam. Und wieder wurden unsere Ersparnisse halbiert. Wie lange lassen wir uns das noch gefallen?

Würde dasselbe wie 1923 auch heute passieren, hätte der deutsche Staat anstatt 2,0 Billionen Euro Schulden nur noch 2,0 Euro Schulden. Vielleicht ist das der einzige Weg, um von den gigantischen Schulden herunterzukommen. Wer weiß, welche Pläne bei der Regierung schlummern?

Ich werde mich auf jeden Fall nach einem Grundstück oder einer Immobilie umsehen. Mir ist aufgefallen, dass immer mehr Grundstücke (Gärten) und Häuser von Russlanddeutschen und Türken aufgekauft werden. Wissen die mehr als ich?

Übrigens, die Großgeldscheine von 1923 sind heute beliebte Sammlerobjekte. Wenn man solch einen Schein in den Händen hält, wird man schon mal nachdenklich.

4. *Karbidschießen*
Vieles auf der Welt
wäre uninteressant,
wäre es nicht verboten.

Als wir noch Lausbuben waren wollten wir auch an Sylvester Krach machen. Es gab zwar schon Schweizer Kracher und Kanonschläge aber das Geld reichte oft nur für Judenfürze. Aber diese kleinen Kracher brachten es nicht.

Doch wir wussten uns zu helfen. Im Bergbau verwendete man Karbid-Lampen. Auch die Goldschmiede brauchten Karbid, für ihre Lötlampen. Mein Großvater war Goldschmied und er hatte immer einen Vorrat an Karbidbrocken in einem Behälter aufbewahrt, wo keine Feuchtigkeit rankommen konnte. Denn Karbid und Wasser ergibt ein explosives Gas.

Wir Jungen waren jedoch nicht an den Lampen interessiert, sondern an dem Karbid. Ich borgte mir einige Brocken, gerade so viel, dass Großvater nichts bemerkte. Zusammen mit meinen Kumpeln ging ich zum Fluss. Einer hatte eine große runde Waschmittel-Tonne mit einem stabilen Deckel mitgebracht. Wir warfen einen Brocken von dem Karbid in die Tonne, gossen Wasser hinzu und klemmten den Deckel fest. Dann gingen wir hinter einem Felsbrocken in Deckung.

Eine Zeit lang passierte nichts. Wir dachten schon, wir hätten etwas falsch gemacht und kamen hinter dem Felsbrocken hervor. Da gab es einen fürchterlichen Knall und der Deckel der Tonne flog viele Meter hoch. Offenbar hatten wir eine zu große Dosis gewählt. Aber daraus lernten wir und stellten uns nun geschickter an.

Nachdem wir unsere Karbid-Kanone mehrmals abgefeuert hatten sahen wir den Schutzmann die Böschung zum Fluss herunterkommen. Es war Zeit zu verschwinden. Wir waren damals alle schlank und schnell auf den Beinen. Der Schutzmann hatte gegen uns keine Chance.

Wir warteten zwei Stunden bis die Luft sauber war, dann brachten wir unsere Kanone wieder in Stellung. Zwischendurch hatte einer von uns die grandiose Idee, es mit Sprudelflaschen zu versuchen. Wir nahmen eine leere Sprudelflasche, steckten einen kleinen Brocken Karbid hinein und füllten die Flasche mit Wasser halb auf. Dann verschlossen wir die Flasche und warfen sie in den Fluss. Noch in der Luft explodierte die Flasche wie eine Granate und Glasscherben flogen in alle Richtungen. Zum Glück wurde keiner getroffen. Wir hatten unterschätzt, wie schnell sich das Gas in der Flasche bildet. Von Glasflaschen ließen wir nun die Finger und schossen weiter mit der Kanone, bis auch der letzte Rest des Karbids aufgebraucht war.

Heute ist das Karbidschießen verboten. Das ist auch besser so. Wer weiß, was die heutige Jugend mit Karbid alles anstellen könnte. Natürlich war es auch früher verboten, aber das kümmerte uns überhaupt nicht, denn im Grunde genommen war doch alles verboten.

5. Überleben
Wir waren keine Engel.
Es ging immer ums überleben.

Als Junge schleppte ich eine Menge Zeugs in meinen Hosentaschen mit mir herum. Diese Dinge waren überlebenswichtig.

Da war zuerst das Taschenmesser. Das war das Wichtigste. Dann Angelhaken und Schnur, Streichhölzer, Nägel und Leukoplast. Auch die anderen Jungen hatten ihre Hosentaschen mit allem Möglichen vollgestopft. Manches lebte sogar noch.

Wenn wir in den Wald gingen nahm ich noch eine Zwille (Spatzenschleuder) mit, die ich im Dachboden versteckt hatte. Gebaut hatte ich sie selbst. Damals musste ich alles verstecken, sonst wurde es mir abgenommen. Mancher hatte auch schon ein Terzerol, ein einschüssiger Hinterlader, der mit einer 6mm Patrone geladen wurde. Die Waffengesetze waren damals noch nicht so streng und die Patronen waren einfach zu beschaffen. Aber erwischen durfte man sich trotzdem nicht lassen.

Wir schossen auf Vögel und Eichhörnchen und manchmal trafen wir sogar. Wenn ich heute daran denke tut es mir leid.

Nach dem zweiten Weltkrieg gab es in der zerstörten Stadt überall Trümmer und Ruinen. Wir durchstöberten alles und fanden dabei so manche alte Kriegswaffe.

Nach dem Einmarsch der Besatzer (Franzosen) versteckten die älteren Männer, die noch beim Volkssturm waren, ihre Waffen auf dem Dachboden oder im Garten. Hätte man einen mit der Waffe erwischt, wäre er sofort erschossen worden.

Mancher warf seine Waffe auch von der Bogenbrücke hinunter unter den Wasserfall. Dort war im Felsboden ein tiefer Graben, in dem Maschinengewehre und Karabiner verschwanden. Im Sommer tauchten wir Jungen hinab (tauchen konnten wir alle) und holten rostige Maschinengewehre, Karabiner, Pistolen und Bajonette herauf. Ich schleppte voller Stolz eine verrostete Mauser-Pistole und ein Bajonett mit mir herum. Bis ich vom Schutzmann (Polizist) erwischt wurde. Der nahm mir dann meine ganzen Schätze ab. Den anderen erging es ebenso, wenn sie zu blöd waren, das Zeug zu verstecken.

Was haben heute Jugendliche in ihren Hosentaschen? Handy, Hausschlüssel und Geldbeutel. Damit hätten sie in unserer Jugend nicht überlebt.

Wenn es heute ums Überleben geht, kann man sich die Ausrüstung beschaffen, die man dann ständig mit sich herumschleppt. Allerdings gibt es keine Waffen, nicht mal ein richtiges Messer. Und das übrige Zeug passt nicht mehr in die Hosentaschen.

Dafür gibt es nun Cargo-Hosen, die nach dem Vorbild des Militärs auch Beintaschen haben. Da passt schon einiges hinein. Jetzt verstehe ich auch, warum bei Jugendlichen die Hosen auf Kniehöhe hängen. Die haben alle ihre Überlebensausrüstung in den Taschen.

Die Cargo-Hose reicht aber nur für die EDC (every day carry). Das ist die kleine Überlebensausrüstung für Mutige. Ohne diese Dinge sollte niemand mehr aus dem Haus gehen:

Messer, Feuerzeug, Kugelschreiber, Notizblock, Nadel und Faden, Aspirin, Nagelschere, Pflaster, feuchte Tücher, Taschenlampe, Wasserflasche, Müsliriegel, Poncho, Decke, Tempo, Schlüsselbund und Smartphone.

Für die ängstlichen gibt es noch einen größere Ausrüstung für Naturkatastrophen, wie sie oft bei uns vorkommen. Ich meine die *get home bag*. Woher kommt diese, na klar, aus den USA. Es ist ein großer Rucksack, der alles enthält, um einige Tage zu überleben. Allerdings fehlen bei uns die Schusswaffen und die Gasmaske.

Achten sie mal darauf, wer solch einen Rucksack mit sich herumschleppt. Ich habe schon einige gesehen. Sollte aber unsere Zivilisation einmal zusammenbrechen nützen uns die *every day carry* und die *get home bag* wahrscheinlich überhaupt nichts. Die einzigen Nutznießer sind die Outdoor-Geschäfte.

6. Die Schnaken
Isst du am Abend Zwiebelbrot,
sind Morgen alle Schnaken tot.

Diese Biester verfolgen mich schon mein ganzes Leben. Angefangen hat es, als ich noch zur Schule ging. Mit ein paar Schulkameraden fuhr ich (mit dem Fahrrad) nach Karlsruhe, um am Rhein zu zelten. Es war während der Pfingsferien und wir wollten 5 Tage lang bleiben.

Zwischen dem neuen Rhein und dem Altrhein war ein breiter Damm, auf dem wir unsere Zelte aufbauten. Im Unterholz fanden wir genug trockenes Holz und machten damit ein großes Lagerfeuer. Dabei entdeckten wir auch die alten Westwallbunker, die inzwischen zwar gesprengt waren, aber immer noch gewaltige Betonklötze bildeten.

Wir hatten immer noch Tageslicht und sahen weiter hinten den Altrhein, das heißt eigentlich sahen wir nur grüne Tümpel. Wir dachten uns nichts dabei und richteten uns für die nächsten Tage ein. Allerdings fiel uns auf, dass außer uns niemand in der Nähe sein Zelt aufgeschlagen hatte.

Inzwischen war es auch schon Abend geworden und fing an zu dämmern. Und da kamen sie, Millionen von Schnaken, so groß wie Kanarienvögel, und sie fielen über uns her.

Auch das große Lagerfeuer und der Rauch nützte nichts. Wir konnten uns kaum dieser Biester erwehren. Einmal musste ich ins Gebüsch, um mich zu erleichtern, als ich die Hose hochzog, hatte ich bestimmt hundert von den Biestern darin.

Tagsüber ließen sie uns in Ruhe, aber jeden Abend begann ein neuer Angriff. Welle um Welle rollte über uns hinweg. Nach 3 Tagen gaben wir auf, bauten unsere Zelte ab und radelten wieder nach Hause. Meine Arme und Beine waren so zerstochen, dass man die einzelnen Stiche nicht mehr zählen konnte. Dies war ein Erlebnis, das ich nie vergessen habe.

Im nachhinein fragten wir uns, welcher Idiot auf die Idee kam, am Altrhein zu zelten. Aber das nützte auch nichts mehr. Aber in den nächsten Jahren suchten wir unsere Plätze zum Zelten sorgfältiger aus.

Das nächste einschneidende Erlebnis mit Schnaken hatte ich als Soldat. Ich war im Manöver in der Gegend um Böblingen. Zwischen den Waldstücken waren breite Panzerstraßen. Darauf fuhren die Amerikaner regelmäßig mit ihren schweren Gefechtspanzern. Die Erde war einen Meter tief aufgewühlt und der Boden bestand vorwiegend aus Lehm. Wenn es regnete blieb in den Gräben das Wasser stehen und konnte nicht versickern. Eine ideale Brutstätte für Schnaken.

Natürlich waren wir vorbereitet und hatten Mückenschleier über den Kopf gezogen. Darauf kam der Stahlhelm, aber an der Stirn lag der Schleier eng an. Genau da griffen die Biester am Abend an und traktierten uns. Zum Schutz hatten wir auch dicke Stulpenhandschuhe. Aber es war sehr warm und mit den Handschuhen konnte ich nicht schießen. Also zog ich sie aus. Das war ein Fehler. Die schwäbischen Schnaken waren noch größer als die Badischen. Über die ganze Stirn verteilt hatte ich Stiche und beide Hände waren so zerstochen, dass sie anschwollen. Als ich am nächsten Morgen zum Sanitäter ging zuckte der mit der Schulter und meinte: *Ich habe keine Salbe, die ich dir geben könnte. Schmiere doch einfach Butter drauf, dann ist der Juckreiz nicht so schlimm.* Er war keine große Hilfe. Und wo sollte ich draußen im Gelände Butter herbekommen? Heute hat man Ringelblumensalbe oder Melkfett, aber das gab es damals offenbar noch nicht.

Nun, viele Jahre später sind die Schnaken zwar viel kleiner, aber sie verfolgen mich immer noch. Obwohl ich vor dem Fenster ein Fliegennetz montiert habe, kommen die Biester im Sommer immer wieder in die Wohnung. Wie, das ist mir ein Rätsel. Wenn ich morgens aufwache habe ich Stiche in den

Arm- und Kniebeugen. Wenigstens habe ich jetzt die richtige Salbe dafür.

Die Riesenschnake habe ich schon oft gesehen. Meist sitzt sie an der Wand mit ausgebreiteten Beinen. Sie hat eine Spannweite von bis zu 65 mm. Wir nannten sie früher immer Schneider. Ob das richtig ist, weiß ich nicht. Auf jeden Fall ist das die Riesenschnake.

Wer mich nun in der Nacht gestochen hat, weiß ich auch nicht. War es die Hexe, der Schuster oder der Schneider? Wahrscheinlich eine von den Kleineren. Die Kleinsten sind ja immer die giftigsten. Im Grunde genommen ist das auch egal. Ich mag sie alle nicht.

7. Der Tante-Emma-Laden
Er war ein Stück Geschichte.
Nun gibt es ihn nicht mehr.

In jedem Ortsteil waren mehrere solcher Läden. Leider gibt es keinen mehr, nur noch die großen Supermärkte.

Ich kann mich noch gut erinnern an den Laden ganz in der Nähe unserer Wohnung. Schon beim betreten des Ladens hörte man die typische Ladenbimmel. Dann kam die Besitzerin aus einem Nebenraum in den Laden und begrüßte den Kunden persönlich mit seinem Namen. Jeder kannte jeden.

Einkaufswagen gab es noch keine, deshalb hatte man ein Netz oder einen Weidenkorb dabei. Auch wenn mehrere Leute im Laden waren hatte man Zeit für ein Schwätzchen. Der Laden war auch der soziale Treffpunkt.

Wein gab es noch nicht in vielen Sorten. Oft stand nur eine Sorte im Regal: *Zeller Schwarze Katz*. Auch Hustenbonbons gab es nur eine Sorte, *Villosa Hustelinchen* in der Blechdose. Auf der Dose war ein Schneemann mit Zylinder und Schal abgebildet. Ich sehe sie noch direkt vor meinen Augen.

Sauerkraut und Gurken gab es noch vom Fass. Schnaps wurde aus einer Korbflasche in einen Flachmann gefüllt. Meistens war er selbst gebrannt. Bierflaschen hatten noch eine Bügelverschluß. Auch Mineralwasserflaschen hatten einen Bügelverschluß mit einer dicken Gummidichtung.

Obst und Gemüse gab es nur lose, nichts war in Plastik eingeschweißt. Den Brausewürfel (Ahoi Brause) gab es für 5 Pfennig.

Alte Zeitungen dienten als grobes Verpackungsmaterial. Holte man einen Bückling (geräucherter Hering) wurde er in eine Zeitung eingewickelt. Beim verzehren konnte man auch gleich die Zeitung lesen. Alles andere kam in spitze Tüten. An der Waage war eine Halterung für diese Tüten und dort wurden sie auch gefüllt. Die Waage zeigte dem Kunden aber nur das Gewicht. Die Verkäuferin musste nun alles umrechnen, ohne Taschenrechner. Neben der Waage standen die Gewichte aus Messing und Gußeisen von klein bis groß. Heute hat man elektronische Waagen, die gleich einen Zettel mit Gewicht und Endpreis ausdrucken. Wenn aus Versehen der Bleistift mit auf die Waage fällt, zeigt es gleich ein Pfund mehr an.

Die Kasse hatte noch Verzierungen aus Metall und eine Handkurbel. Heute sind diese Kassen beliebte Sammlerstücke.

Die Preise wurden auf einem Block mit einem Bleistift zusammenaddiert. Die Grundrechenarten beherrschte damals jeder.

Hatte man am Sonntag etwas vergessen, konnte man hinten herum einkaufen. Die Leute waren zu Hause und verkauften auch trotz geschlossenem Laden.

Viele Leute hatten kein Geld und mussten erst auf den Zahltag warten. Im Tante-Emma-Laden wurde aber angeschrieben und am

Freitag wurde dann alles beglichen. Man kannte sich ja.

Manchmal lag halb hinter dem Tresen ein Hund, der sich aber nicht bewegte. Ich wusste nicht, ob der überhaupt noch lebte.

Aber nicht alles war zu Tante Emmas Zeit so goldig. Eines werde ich nie vergessen. Einmal, als meine Mutter noch etwas Geld übrig hatte, schickte sie mich am Sonntagmorgen zum Metzger um ein viertel Pfund (125 Gramm) Aufschnitt zu holen. Das war für die ganze Familie. Heute reicht es gerade für eine Semmel. Die Metzgerei war geschlossen, aber es gab ein großes Hoftor durch das man zur Wohnung konnte. Im Hof war aber ein Rottweiler an eine starke Kette gebunden.

Rottweiler waren damals die typischen Metzgerhunde. Sie zogen kleine Wägelchen mit Schweinehälften vom Schlachthof nach Hause. Gefüttert wurden sie mit Fleischabfällen, davon gab es ja genug. Das machte die Hunde aber besonders wild.

Ich war der jüngste von vier Brüdern und auch der Kleinste. Vor dem Rottweiler hatte ich gewaltigen Schiß. Als ich das Hoftor vorsichtig öffnete kam das Ungeheuer laut bellend auf mich zugerannt. Der Aufgang zur

Wohnung war etwa in der Mitte. Das Ungeheuer war zwar angekettet, aber ich wusste nicht, wie lang die Kette ist und trat sofort den Rückzug an. Zuhause habe ich gelogen: *Es war niemand da.* Meine Mutter durchschaute meine Lüge und schickte nun den älteren Bruder zum Metzger. Und ich war ein Leben lang von einem Rottweiler traumatisiert. Das war die andere Seite von Tante Emma. Wenn ich heute einen Rottweiler sehe, muss ich sofort an das Ungeheuer von damals denken.

8. Muckefuck
Frauen an die Macht,
macht Kaffee,
macht Brötchen.
macht sauber.

Heute gibt es Kaffee in verschiedensten Formen und Geschmacksrichtungen. Ob Kapselkaffee oder Kaffeepads, ob Filterkaffee oder Espresso, die Wahl fällt einem schwer. Kaffee to go wollen wir auch nicht vergessen.

Ich kann mich nicht mehr erinnern, wann ich den ersten Bohnenkaffee getrunken habe. Nach dem zweiten Weltkrieg gab es nur Ersatzkaffee. Von der Zichorie, eine Abart der Wegwarte, wurde die Wurzel geröstet und gemahlen und zu Ersatkaffee aufgebrüht. An den Geschmack kann ich mich nicht mehr erinnern. Es fehlte auch der Vergleich zu echtem Kaffee.

Aber gut kann er nicht gewesen sein, den wir nannten ihn Muckefuck. Von den Älteren hörte ich auch die Ausdrücke Blümchenkaffee oder Bodensehkaffee. Ich habe mich immer gefragt, wo diese Ausdrücke herkommen. Inzwischen weiß ich mehr.

Das Wort Muckefuck hat nichts mit Stubenfliegen zu tun. Es bezeichnet Malz- oder Ersatzkaffee. Der Begriff kommt aus dem französischen Moca faux = falscher Kaffee.

Auf dem Boden der Kaffeetassen waren manchmal Blumenmuster eingebrannt. Wenn man diese durch den Kaffee hindurch sah, sprach man von Blümchenkaffee. Konnte man auch ohne Muster den Boden der Tasse sehen sprach man von Bodensehkaffee. Wie man sieht, hatten die Menschen damals ihren Humor noch nicht verloren.

Ich habe inzwischen verschiedene Kaffeemaschinen ausprobiert und bin nun bei der

Kaffeepadmaschine gelandet. Für einen Alleinstehenden eigentlich das Idealste.

9. Der Bart muss weg
Nicht jeder der einen Bart trägt
ist deshalb schon ein Philosoph.

Aus irgend einer Laune heraus beschloss ich vor vielen Jahren mit einigen Arbeitskollegen: Wir lassen uns einen Vollbart wachsen.

Am Anfang sah das fürchterlich aus. Einige rasierten sich nach wenigen Tagen ihren Bart wieder ab. Ich hielt durch und trug meinen Vollbart 20 Jahre lang.

Damals bestand noch keine Gefahr mit einem IS-Terroristen oder Salafisten verwechselt zu werden. Die gab es noch nicht. Allerdings liefen auch viele andere so wie ich mit Vollbart und Brille herum. Deshalb wurde ich auch immer wieder verwechselt.

Eines Tages traf ich die Entscheidung: Der Bart muss weg. Ich nahm die Schneidemaschine und machte einen Kahlschlag. Dann schaute ich in den Spiegel und ein Fremder sah mir entgegen.

Abends ging ich zum Stammtisch, setzte mich auf meinen Stammplatz und verhielt mich ruhig. Mancher schaute mich komisch an, aber keiner kam darauf, was anders war. Bis ich das Rätsel löste und sagte: *Der Bart ist ab.* Darauf fragte einer überrascht: *Du hattest einen Bart?*

Früher sah man kaum Bärte. Da trugen nur Leute wie die Wildecker Herzbuben einen Vollbart. Ohne Bart hätten die wahrscheinlich noch dicker ausgesehen. Eigentlich gab es nur drei Männer mit Vollbart: *Der liebe Gott, der Weihnachtsmann und Bud Spencer.* Unsere Großväter trugen nur Schnauzbärte mit denen sie aussahen wie Josef Stalin.

Eine Zeit lang ließen sich Fußballprofis Vollbärte wachsen, um damit gefährlicher auszusehen. Dann verschwanden die Bärte wieder und es kamen die Tattoos. Nach den Tattoos kamen die verrückten Frisuren. Mancher Profi verbrachte mehr Zeit beim Friseur als auf dem Trainingsplatz. Nun tauchen bei den Fußballern die Bärte plötzlich wieder auf. Die Geschichte wiederholt sich.

Auch in den neuesten amerikanischen TV-Serien sieht man plötzlich lauter Vollbärte.

Machen die Männer aber den Mund auf, haben sie schlechte Zähne oder Zahnlücken.

Auch prominente Schauspieler tragen auf einmal Vollbart. Offenbar sind sie der Meinung, einen Oskar erhält man nur noch mit Bart.

Inzwischen wurde aus dem Vollbart ein Trend. Immer mehr Männer lassen sich wieder einen Bart wachsen. Es gibt auch schon eine neue Bezeichnung dafür: Hipster. Überall laufen sie herum, aber nicht nur mit Schnauzbärten, Kinnbärten oder Backenbärten. Nein es muss ein Vollbart sein.

Ich weiß nie, stehe ich nun einem Hipster gegenüber, oder ist es ein Salafist. Allerdings gibt es einen Unterschied. Salafisten haben keinen Oberlippenbart. Ihr Vollbart umrahmt nur das Gesicht, niemals die Lippen.

Neben den Hipstern gibt es nun auch die Nipster. Junge Rechtsradikale haben sich einen neuen Lebensstil zugelegt. Ihr Name Nazi-Hipster - kurz Nipster. Sie treten nicht mehr kahlrasiert und mit Springerstiefeln auf, sondern tragen nun Vollbart, Jutebeutel und Birkenstock-Sandalen. Auf nichts kann man sich mehr verlassen.

Aber der Hipster-Trend hat auch vor Österreich nicht haltgemacht und führte zu einem erstaunlichen Ergebnis. Modische Männer mit Vollbart (Hipster) wurden in Großstädten als Obdachlose gezählt. Das führte dazu, dass der 7. Wiener Bezirk in der Armutsstatistik der UNO an erster Stelle geführt wurde. An zweiter Stelle folgte der 5. Bezirk und auf Platz drei landete Monrovia in Liberia.

Die Beamten des Statistischen Amtes rechtfertigten sich: *Hipster tragen neben dem Vollbart auch alte Kleidung und oft einen Pappbecher Kaffee mit sich herum. Daher kann es schon mal zu Verwechslungen kommen.* Der jahrelange Anstieg der Armut in Österreich hat sich damit aufgeklärt. Damit dürfte auch die Anzahl der Dschihadisten in Österreich weit niedriger sein, als bisher angenommen.

Vielleicht hat sich der neue Hipster-Trend auch bald schon wieder erledigt und es kommt etwas Neues. Aber was? Ich bin gespannt.

10. So verhandelt man richtig
Ein kleiner Leitfaden für Lohnverhandlungen.

Während meiner Tätigkeit als Bürokaufmann besuchte ich oft den Personalchef um mehr Gehalt zu fordern. Der Mann war aber mit allen Wassern gewaschen und hatte auf jedes Argument eine Antwort.

Natürlich ging ich nicht unvorbereitet. Ich legte mir vorher die richtigen Argumente zu und stellte keine übertriebenen Forderungen. Ich redete auch nicht lange um den heißen Brei herum sondern kam gleich zur Sache. Trotzdem blieb ich erfolglos. Jedesmal wurde meine Bitte abgeschmettert und zwar auf besonders perfide Art.

Es begann bereits bei der Einstellung. Nachdem alle unwichtigen Fragen geklärt waren kam es zum Wichtigsten. Der Personalchef sagte: *So, nun sagen sie mir ihre Gehaltsvorstellung, dann lachen wir beide recht herzlich und ich sage ihnen, was sie wirklich bekommen.* Das war schon mal kein guter Anfang.

Nach sechs Wochen war ich eingearbeitet und dachte, nun ist der richtige Zeitpunkt, mehr Geld zu verlangen. Inzwischen war ich schlauer geworden und wählte Tag und Uhrzeit für die Verhandlung sorgfältig aus.

Der Montag kam schon gar nicht in Frage. Kein normaler Mensch hat am Montag gute Laune. Das gilt auch noch für Dienstag. Mittwoch ist schon besser aber nicht ideal. Die besten Tage sind Donnerstag und Freitag. Am Freitag freut sich jeder auf das Wochenende und ist gut gelaunt. Also entschied ich mich für den Freitag.

Nun kommt noch die Uhrzeit. Die ist sehr wichtig. Auf keinen Fall vor 9 Uhr. Auch nicht nach 14 Uhr. Da sind die meisten schon nicht mehr da. Die beste Zeit ist Freitag Morgen um 10 Uhr. Da ist der Personalchef gut gelaunt und auch gesprächsbereit. Soweit die Theorie.

Am Freitag, um 10 Uhr, ging ich ins Allerheiligste. Der Personalchef schaute unwillig von seinem Schreibtisch auf und blaffte mich an: *Sagen sie bloß, dass sie mehr Geld wollen, ich habe die ganze Woche noch nichts zu lachen gehabt.* Damit hatte er mir den ganzen Wind aus den Segeln genommen. Meine sorgfältige Vorbereitung, meine geniale Taktik, alles umsonst. Ich zog mich zurück und überlegte eine neue Strategie.

Nach drei Monaten hatte ich wieder Mut. Diesmal besuchte ich ihn am Donnerstag, wieder um 10 Uhr. Ich stürmte in sein Büro und überrumpelte ihn (meine neue Taktik) mit den Worten: *Ich will mehr Geld. Zuerst mal Guten Tag,* antwortete er. Schon wurde ich etwas ruhiger. Dann sagte er: *Wo sollen wir das Geld hernehmen?* Ich, ganz verdattert: *Na hier, aus der Firma. Was,* sagte er überrascht, *in der Firma ist Geld? Sie sind ein Genie. Kommen sie, wir suchen gemeinsam. Wenn wir was finden machen wir Halbe Halbe.* Der Mistkerl hatte mich schon wieder ausgetrickst. Ich zog mich zurück und dachte über eine neue Strategie nach.

Nach weiteren drei Monaten hatte ich die zündende Idee. Diesmal war mir der Tag egal, ich ging einfach hinein und sagte: *Einige große Unternehmen interessieren sich für mich.* Der Personalchef sah mich lange an, inzwischen war ich für ihn ja keine Unbekannter mehr, dann meinte er: *Ja, ja, die Post, die Telekom und die Stadtwerke.* Verdammt, er hatte mich schon wieder durchschaut.

Nun hatte ich mein Pulver verschossen. Sollte ich nun aufgeben? Nein, sagte ich, ich kämpfe weiter. Bei dem Personalchef beiße ich auf Granit, also versuche ich es eine Stufe höher, beim Firmenchef.

Ich reichte meine Kündigung ein. Mein direkter Vorgesetzter war ganz überrascht. Er wollte mich auf keinen Fall verlieren. Ich sagte, mit ihnen verhandle ich nicht, auch nicht mit dem Personalchef. Dann wurde ich zum Inhaber gerufen. Er wollte wissen, was los ist. Ich sagte: *Ich will, mehr Geld verdienen, das kann ich hier nicht, deshalb verlasse ich die Firma.* Er meinte: *Moment, nicht so schnell. Wieviel wollen sie?* Auf solch eine Frage war ich nicht vorbereitet und stammelte: *Mindestens 300 Mark mehr im Monat.* Nun fing der Mistkerl auch noch an zu handeln: *Das können wir nicht machen, aber wenn ich ihnen 250 Mark mehr anbiete, bleiben sie dann?* Ich stimmte zu und blieb am Ende ganze 28 Jahre in dem Betrieb.

Eines habe ich daraus gelernt, die ganze Vorbereitung nützt nichts, wenn man mit den falschen Leuten verhandelt. Wenn du etwas möchtest, geh zum Schmidt und nicht zum

Schmittchen. An diesem Sprichwort ist was dran.

11. Meine ersten Zigaretten
*Wer wird denn gleich
in die Luft gehen.*

Als ich anfing zu rauchen Anfang der 60er Jahre gab es die Marke Astor in einer 3er Packung für 50 Pfennig. Danach kam Bali in einer 5er Schachtel. Den Preis weiß ich nicht mehr, aber es waren glaube ich 60 Pfennig. Ende der 60er kamen dann die großen Marken HB, Reval und Ernte 23 für 1 Mark pro Packung. In der Schachtel waren 12 Stück. Irgendwann waren nur noch 11 Stück in der Packung. Aber dann kamen die Schachteln für 2 Mark mit Anfangs 21 Zigaretten. Bei Luxusmarken wie Krone, Lord Extra, Attika usw. waren nur 20 in der Packung. Es gab aber noch Astor mit nur noch 19 Zigaretten in der Packung.

Die ersten Zigaretten im Automaten kosteten nun schon 3 Mark. Das entspricht heute etwa 1,50 Euro. Die Packungen waren genau so groß wie heute. Mitte der 80er Jahre kostete die Packung Zigaretten schon 3,50 Mark.

Da die Automaten nicht auf 50-Pfennig-Stücke ausgelegt waren, wurde in die Packung ein 50-Pfennig-Stück eingeschweißt. Das war nur kurze Zeit, dann erhöhten die Hersteller auf 4 Mark pro Packung.

Als ich im Jahr 2000 mit dem Rauchen aufhörte kostete meine Marke (HB) mit 19 Stück genau 5 Mark. Damals gab es noch den Heiermann (5-Mark-Stück). Ich hatte immer einige 5er im Geldbeutel und konnte mir überall Zigaretten ziehen.

In den 70er und 80er Jahren bin ich einige Mal geflogen und brachte zollfreie HB mit. Aber die schmecken einfach anders, als die aus dem Automaten oder vom Kiosk. Und mir schmecken sie überhaupt nicht. Ich weiß nicht woran das lag, aber eingebildet habe ich mir das nicht.

Nach der Umstellung auf den Euro kosteten die Zigaretten plötzlich 3 Euro. Heute sind wir bereits bei 6 Euro pro Packung. Erst heute sah ich im Supermarkt John Player Special für 9 Euro. Der Wert der Schachtel samt Inhalt liegt etwa bei 50 Cent. Alles übrige ist Tabaksteuer, Gewinn und Abzockerei.

Deshalb blüht auch der Zigarettenschmuggel aus dem Osten Europas. Hier bekommt man die Schachtel für 2,50 Euro. Aber nur der Hersteller weiß, was in der Zigarette drin ist. Manchmal wird sogar minderwertiger Tabak mit Heu vermischt. Auf jeden Fall ist es riskant, die Dinger zu kaufen und zu rauchen.

Nur ein Beispiel, in den 20er Jahren war Alkohol in den USA verboten (Prohibition), aber Haschisch erlaubt. Da jedoch die Alkoholindustrie größere Gewinne machte, als der Haschischverkauf, hat man umgeschwenkt. Haschisch wurde verboten und Alkohol wurde nun erlaubt. Wer hat das bewirkt? Die großen Konzerne.

Kurz nach dem Krieg brachten die amerikanischen Besatzer Zigaretten ohne Filter unter die Leute. Die bekannteste Marke war Lucky Strike. Den Leuten, die davon rauchten, wurde übel. Die Filterlosen waren sehr stark und die Menschen nach dem Krieg unterernährt. Sie vertrugen diese starken Zigaretten einfach nicht.

Aber bald wurden auch in Deutschland wieder Zigaretten ohne Filter produziert. Von damals kenne ich noch Reval, Roth-Händle, Eckstein No. 5 und Overstolz. Aus Frankreich kamen Gauloises und Gitanes dazu, die noch stärker waren. Einige dieser Klassiker gibt es heute nicht mehr, oder sie verschwinden bald vom Markt.

Es gab sogar mal Smart Export. Heute ist das eine Automarke. Die beliebteste Marke war die HB. Es gab auch noch die Kurmark, aber nur im Süden. Auch Roth-Händle suchte man im Norden vergebens.

Wer angeben wollte rauchte John Player Special, allein wegen dem genialen Logo (JPS) auf der Schachtel, oder Davidoff, eine Marke aus der Schweiz. Die Österreicher dagegen schworen auf Memphis.

Einige der alten Marken gibt es heute noch, aber das ist egal, ich rauche sowieso nicht mehr.

12. Wie ich fast aufhörte zu rauchen
Rauchen kann tödlich sein,
Nichtraucher sterben auch.

Vor Jahren wurden auf dem Marktplatz vor dem Rathaus Wasserspiele angelegt. Zu unbestimmten Zeiten schossen plötzlich kleine Fontänen aus dem Boden und das Wasser floss wieder durch Gitter im Boden ab. Für die Kinder war das im Sommer ein Riesenspaß. Für mich leider nicht.

Ich stand nichtsahnend genau an der Stelle, an der das Wasser aus dem Boden kam, wusste aber nichts von diesen Fontänen.

Ich hatte gerade Lust auf eine Zigarette, zog eine Kippe aus der Schachtel und steckte sie in den Mund. Prompt fiel sie mir in eine Pfütze von dem Wasser, das noch nicht versickert war. Nun wollte ich mir eine neue Zigarette nehmen und zog die Packung verkehrt herum aus der Tasche. Plötzlich kamen die Fontänen aus dem Boden heraus. Ich konnte mich gerade noch mit einem Sprung zur Seite retten, sonst wäre ich klatschnass geworden. Aber alle Zigaretten fielen ins Wasser.

Ich besorgte mir einen neue Packung Zigaretten und stellte mich vor das C&A-Gebäude. Dort war ein großer runder Aschenbecher aus Beton. Dieser war gefüllt mit Sand, Kippen, Asche und Dreck. Ich wollte gerade eine anzünden, da fegte ein gewaltiger Windstoß heran und ich bekam hundert Zigarettenkippen, Sand und Dreck ins Gesicht. Das war ein Zeichen von oben und ich hörte sofort mit dem Rauchen auf. Manchmal braucht man nur einen kleinen Anstoß.

13. Endlich Nichtraucher
*Wo ein Wille ist,
ist auch ein Weg.*

Haben sie die letzte Geschichte wirklich geglaubt? Natürlich hörte ich nicht auf. Da muss schon mehr kommen, als ein Windstoß. Ich muss das ehrlich zugeben, ich war ein sehr starker Raucher. Am Abend waren 40 Zigaretten das Minimum. Am Wochenende, Samstag und Sonntag waren es sogar deutlich mehr.

Beim Kartenspielen lag immer eine im Aschenbecher. Da passierte es schon mal, dass ich eine neue Zigarette anzündete und im Aschenbecher lag noch die letzte, halb abgebrannt.

So konnte es nicht weitergehen. Ich nahm mir vor, nicht mehr zu rauchen. Dafür gibt es zwei Methoden. Die Reduktionsmethode und die Schlusspunktmethode.

Bei der Reduktionsmethode raucht man Tag für Tag immer weniger, bis man endlich den Rauchstopp erreicht hat. Das heißt, man versucht es. Bei mir funktionierte die Methode nicht.

Ein Bekannter von mir hatte eine andere Methode. Er kaufte sich einfach keine Zigaretten mehr. Dann pumpte er jeden um eine Zigarette an und rauchte schließlich genausoviel wie zuvor. Nur ging er damit allen auf die Nerven. Diese Methode kam für mich nicht in Frage.

Also doch die Schlusspunktmethode? Ich setzte mir einen bestimmten Zeitpunkt, ab dem ich nicht mehr rauche. Am Besten ab sofort. Das funktionierte überhaupt nicht.

Nun versuchte ich es mit Nikotinpflaster. Ich klebte die Pflaster links und rechts auf meine Arme. Doppelt wirkt es besser. Nun wurde ich ständig gefragt, was passiert ist und wo ich mich verletzt habe. Diese Fragerei nervte mich so, dass ich eine Zigarette brauchte. Das mit den Pflastern funktionierte auch nicht. Vielleicht waren es auch Placebos.

Mit den Nikotin-Lutschtabletten konnte ich mich auch nicht anfreunden. Das war also wieder nichts.

Dann hörte ich von einem neuen Mittel, einer Sublingualtablette. Diese wird nicht gelutscht, sondern unter der Zunge deponiert, wo man sie langsam zergehen lässt. Die probierte ich sofort aus. Bei meiner Arbeit musste ich aber häufig telefonieren, dabei fiel mir die Tablette ständig heraus. Das war also auch nichts.

Dann hörte ich von zwei Medikamenten, die ganz sicher wirkten. Bupropion (deutsch Zyban) und Vareniclin (deutsch Champix). Allerdings bezahlt die Krankenkasse diese Medikamente nicht. Außerdem sind sie recht teuer und müssen über einen längeren Zeitraum eingenommen werden. Das kam überhaupt nicht in Frage.

Bleibt noch Akupunktur. Das ist zwar eine anerkannte medizinische Methode für bestimmte Krankheiten aber für die Nikotinentwöhnung gibt es keine dauerhaften Erfolge. Auch Hypnose ist eine anerkannte Methode, aber für die Wirkung gibt es keine Garantie. Außerdem wird beides nicht von der Kasse übernommen.

Nun versuchte ich es mit Selbsthypnose. Dafür braucht man nur eine CD, die man ähnlich wie bei der PMR (Progressive Muskel Relaxation), also Muskelentspannung, einsetzt. Bei PMR schlafe ich immer ein und weiß dann nicht, ob ich auch alle Übungen gemacht habe. Bei der Selbsthypnose ging es mir ebenso und wenn ich aufwache, musste ich mir erst mal eine anzünden.

Die letzte Möglichkeit wären E-Zigaretten. Die gibt es seit einiger Zeit aber sie sind umstritten. Es fehlen noch Langzeitstudien über Wirkungen und Nebenwirkungen. Außerdem sind sie teurer als echte Zigaretten.

Nachdem ich so ziemlich alle Methoden ausprobiert hatte passierte es. Ich hatte in der Nacht einen apoplektischen Insult und war rechts teilweise gelähmt. Natürlich kam ich sofort ins Krankenhaus. Dort trat der Arzt an mein Bett und sagte: *Ich verbiete ihnen das Rauchen nicht, aber wenn sie weiter rauchen sind sie entweder tot, oder am ganzen Körper gelähmt.*

Jetzt hatte ich Zeit zum Nachdenken. Im Nachttisch lag noch eine Schachtel von meinen Zigaretten. Vor dem Sterben hatte ich keine Angst, aber davor ganz gelähmt zu sein. Hilflos daliegen und auf andere angewiesen sein, das wollte ich auf keinen Fall. Dann erinnerte ich mich an die Schlusspunktmethode. Ich sagte zu mir, ab sofort rauche ich nicht mehr. Und es funktionierte. Inzwischen sind 16 Jahre vergangen und bis heute rauchte ich keine einzige Zigarette mehr. Dadurch sparte ich viel Geld, habe aber auch 20 Kilo zugenommen.

Aber so einfach war es doch nicht. Der Körper wehrte sich gegen den plötzlichen Nikotinentzug. Der Arzt hatte mich davor gewarnt. Der Raucherhusten war schon nach drei Tagen weg, aber meine Beine wurden immer unruhiger. Ich konnte nur noch eine halbe Stunde sitzen, dann musste ich aufstehen und herumlaufen. Der Körper hatte 40 Jahre lang jeden Tag Nikotin bekommen und auf einen Schlag nichts mehr. Er rächte sich auf seine Weise. Ich brauchte drei Jahre, bis das mit den Beinen besser wurde. Man braucht also zur rechten Zeit einen Warnschuss. Dann klappt es mit dem Aufhören.

Als ich nach 6 Wochen aus dem Krankenhaus und der Reha nach Hause kam, fiel mir erst auf, wie widerlich meine Klamotten stanken. Es dauerte Monate, bis der Rauchgestank aus dem Kleiderschrank und aus der Wohnung verschwunden war. Und in diesem Gestank habe ich gelebt?

Nun habe ich kein Verlangen mehr, eine zu rauchen. Aber manchmal träume ich noch davon. Ich will mir im Traum eine Schachtel Zigaretten holen und finde nirgendwo einen Automaten.

Nun konnte ich auch nicht mehr zum Stammtisch gehen. Plötzlich fand ich es ekelhaft, wenn jemand nach Rauch stinkt. Dabei habe ich doch selbst genauso gestunken. Aber selbst riecht man das nicht.

Ich weiß, es ist sehr schwer das Rauchen aufzugeben. Ich mache auch niemand einen Vorwurf, wenn er raucht. Wenn an der Bushaltestelle einer neben mir raucht, ziehe ich mich zurück. Und wenn im Bus ein Raucher neben mir sitzt, denke ich: *So habe ich auch mal gestunken.*

Übrigens, meine Kumpel vom Kegelclub und vom Kartenspielen sind, bis auf wenige Ausnahmen, alle schon beerdigt. Alle haben geraucht und getrunken. Keiner erreichte das Rentenalter.

14. Die Nichtraucher sind schuld
Selber drehen, das ist schick,
Zigaretten oder Strick.

Nichtraucher sind unsozial. Sie zahlen keine Tabaksteuer und prellen den Staat somit jährlich um Milliarden. Sie werden seltener krank und bringen die notleidenden Ärzte um ihren Verdienst.

Sie liegen der Rentenversicherung länger auf der Tasche und gefährden unser Rentensystem. Wenn unser Sozialstaat zerfällt, sind sie daran maßgeblich beteiligt.

Sie haben eine höhere Lebenserwartung und tragen zur Überbevölkerung bei. Das führt zu Hunger, Leid, Elend, Gewalt und Krieg und zuletzt zumUntergang der Menschheit.

Daran habe ich nicht gedacht, als ich mit dem Rauchen aufhörte. Ich dachte immer, die Raucher rauchen nur zum Spaß. Jetzt fühle ich mich doch gleich ein wenig schuldig.

15. Großvater
Er verlor im Krieg sein Bein,
aber nie seinen Humor.

Mein Großvater war ein stolzer Mann. Er verlor im ersten Weltkrieg ein Bein, kam aber mit der Prothese gut zurecht.

Großvater war Goldschmied wie viele andere auch. Aber in der Zeit nach dem zweiten Weltkrieg gab es keinen Bedarf an Schmuck. Andere Dinge, Nahrung und Kleidung, waren wichtiger. Um über die Runden zu kommen verkaufte Großvater deshalb Zeitungen.

Ich war damals noch ein kleiner Bub und kann mich nur noch an einige Begebenheiten erinnern. Aber die hatten es in sich.

So brachte Großvater uns vier Brüdern ein Kinderlied bei. Als es mal regnete rief er alle vier in die Küche. Dort mussten wir uns aufstellen. Dann begann er zu singen:

Rege, Rege, Tropfe,
alle Weiber hopfe,
hopfe in de Küche rom,
schmeiße alle Häfe om.

Dann hüpfte er mit einem Bein in der Küche herum und schmiß alle Häfen um. Großmutter durfte dann wieder alles aufräumen. Das Lied hat sich eingeprägt und ich kenne es heute noch.

An Sylvester war er besonders originell. Wir hatten kein Geld um Kracher oder Knaller zu kaufen. Und Raketen konnten sich nur die reichen Leute leisten. Aber wir Kinder durften länger aufbleiben, bis um 24:00 Uhr. Als es soweit war, rief uns Großvater ins Schlafzimmer. Dort hatte er inzwischen alle

Betten herausgerissen, so dass nur noch die Matratzen übrig waren. Dann nahm er einen nach dem anderen an der Hand und zog ihn über die Betten ins Neue Jahr hinein. Danach fragte er jeden: *Na, bisch gut neigrutscht.* Großmutter durfte das Chaos dann wieder in Ordnung bringen. Wenn sie an Sylvester einen Guten Rutsch wünschen, denken sie daran, von wem der Ausdruck kommt - von meinem Großvater.

Einmal saß er am Küchentisch und richtete sich Häppchen. Er schnitt Butterbrote in kleine Stücke, belegte sie mit Käse und Wurst und mit selbst eingelegten, superscharfen Pepperoni. Ich war noch ein kleiner Bub und konnte mit meinen Patschhändchen gerade so an die Tischkante greifen. Ich versuchte immer wieder an die Häppchen heranzukommen. Großvater schaute mir eine Weile zu, dann schob er ein Häppchen mit einer besonders scharfen Pepperoni zu mir an den Tischrand und sagte: *Ess Bub, ess.* Ich schnappte das Häppchen und mampfte es auf einmal hinunter. Dann bekam ich keine Luft mehr und wäre fast erstickt. Das Zeug war furchtbar scharf. Zum Glück kam meine Mutter in die Küche und sah, was passiert war. Sie gab mir sofort Milch zu trinken, das linderte das Brennen. Und was machte Großvater? Er lachte.

Eines Tages, ich war nun schon größer, stand ich im Wohnzimmer. Vor mir stand Großvater. Er sagte: *Du lässt dich jetzt nach vorn fallen und ich fang dich auf.* Ich war noch ein Bub und glaubte an das, was die Erwachsenen sagten. Ich ließ mich fallen, Großvater machte einen Schritt zur Seite und ich fiel auf die Fresse. Großvater sagte: *Traue keinem Menschen.* An diese Worte musste ich immer denken und bis heute traue ich tatsächlich keinem Menschen. Nun, die Erziehungsmethoden waren schon eigenartig, aber sie brachten Erfolg. Selbst der Tod von Großvater war ungewöhnlich. Er starb an einer Insuffizienz. Das wurde missverstanden und die Frauen im Tante-Emma-Laden erzählten sich: *Er ging im Suff in d'Enz.*

16. Adieu Figaro
*Nach drei Versuchen
der Selbstversuch.*

Bisher ging ich regelmäßig zu meinem Friseur und ließ mir die Haare auf 4 mm kürzen.

Ich nannte es den Sommerschnitt, obwohl ich im Winter denselben Schnitt hatte.

Der Friseur stellte die Maschine auf 4 mm ein, dann fuhr er über den Kopf von rechts nach links und von hinten nach vorn. In 5 Minuten war alles erledigt.

Am Ende schliff er immer sein Rasiermesser, um mein Genick auszurasieren. Dabei dachte ich immer, jetzt schneidet er mir gleich den Hals durch.

Nun war es mal wieder soweit. Ich ging am Freitag zum Salon. Der Salon war geschlossen. Auf einer kleinen Tafel stand: Am Mittag ab 13.30 die Damen, ab 14.00 die Herren. Also ging ich Mittags nochmal hin. Auch um 14.oo war noch geschlossen.Um 15.00 unternahm, ich meinen letzten Versuch. Wieder war der Salon geschlossen und kein Hinweis an der Tür.

Nun war ich sauer und ging zum nächsten, neu eröffneten Salon. Dort war kein Mensch und auch keine Kunde. Außerdem konnte ich nirgends die Preise studieren. Also auch hier Fehlanzeige.

Jetzt wollte ich über meinen Schatten springen und am Samstag Morgen in einen der neuen Friseurshops gehen. Am Samstagmorgen stand ich vor dem Spiegel und schaute mich nochmal gründlich an. Dann dachte ich, was der Friseur mit der Maschine macht, das könnte ich doch auch probieren.

Ich hatte noch eine alte schwere Schneidemaschine irgendwo liegen. Damit hatte ich vor vielen Jahren meinen Vollbart gestutzt. Eigentlich war es eine Maschine, um Hunde zu scheren. Aber einen Versuch war es wert. Ich stellte mich schon auf eine stundenlange Suche nach der Maschine ein, ging an mein Schränkchen und öffnete die Tür, da lag sie. Ich steckte den Stecker in die Steckdose und schaltete die Maschine ein. Sie funktionierte. Das war noch deutsche Wertarbeit. Die Maschine war inzwischen bestimmt 40 Jahre alt. Nun machte ich es genauso wie mein Friseur und in 5 Minuten hatte ich fast eine Glatze. Ich sah mich im Spiegel an und war mit dem Schnitt zufrieden. Dann sagten ich zu mir: *Ja, sehr gut, einwandfrei, jetzt spiegelt sich das Deckenlicht auf meinem Kopf.*

Nach diesem ersten Versuch kaufte ich mir eine neue, kleinere Maschine. In Zukunft kürze ich damit meine Haare selbst und erspare mir die erfolglosen Wege zum Frisiersalon. Mit dreimal schneiden hat sich die neue Maschine schon amortisiert. Bye bye mein lieber Stammfriseur.

17. *Der Heimwerker*
Jeder, der weiß,
wie man es besser macht,
fährt Taxi oder ist Friseur.

In einem Haushalt gibt es immer etwas zu reparieren. Möbel muss man aufbauen. Türschlößer auswechseln. Verstopfte Abflüße reinigen usw. Man kann nicht jedesmal einen Handwerker beauftragen. Das kann doch kein Mensch bezahlen. Also muss man versuchen, solche Dinge selbst zu tun. Wenn man nicht gerade zwei linke Hände hat, geht das auch. Nicht nur im Haushalt, auch im sonstigen Leben muss man vieles selbst tun. Man kann sich nicht auf andere verlassen. Hier sind einige persönliche Beispiele.

Als gelernter Bürokaufmann hatte ich wenig mit Werkzeugen zu tun. Aber im Laufe der Jahre habe ich gelernt, mit Werkzeug umzugehen. Nun bin ich Heimwerker und noch nicht einmal ein guter.

Beim Militär stand ich in der Montagegrube und schmierte mit der Fettpresse Lastwagen ab. Dabei musste ich die meisten Schmiernippel suchen, da sie meistens verdreckt waren. Außerdem musste ich mit dem Dampfstrahler große Lastwagen und sogar Bergepanzer abstrahlen. Mir wurde einmal gezeigt, wie man das macht, dann hatte ich es kapiert. Kleinere Wartungsarbeiten an meinem Jeep machte ich ebenfalls selbst. Und Waffen auseinandernehmen und wieder zusammenbauen lernte ich sowieso.

Als ich viele Jahre später meine Wohnung kaufte brauchte ich Möbel. Angeliefert wurden Regale, Kleiderschrank, Bett, Eckbank und der Tisch. Alles natürlich in Einzelteilen, die ich zusammenbauen musste. Da lernte ich auch, mit Werkzeug umzugehen. Ich brauchte für den Zusammenbau länger als ein Handwerker, aber alle Möbel stehen inzwischen 18 Jahre in der Wohnung und sind immer noch in Ordnung.

In die Wände bohrte ich Löcher, steckte Dübel hinein und befestigte daran stabile Haken, an denen ich auch schwere Sachen aufhängen konnte.

Nach einigen Tagen lief das Wasser in der Küchenspüle nicht mehr ab. Ich schraubte die Rohre mit dem Syphon ab und sah, dass sie verstopft waren. Ich reinigte alles und schraubte die Rohre wieder an. Vorher hatte ich mir eine Zeichnung gemacht, damit ich auch die richtige Krümmung hinbekomme. Nach einigen Versuchen klappte es. Inzwischen weiß ich, dass diese Abflussrohre mit der Zeit innen langsam zuwachsen, bis nichts mehr abfließt. Man sollte sie alle 4 bis 5 Monate abschrauben und saubermachen. Diese Arbeit ist ekelhaft und man muss dazu unbedingt Gummihandschuhe tragen. Aber inzwischen brauche ich nur noch eine halbe Stunde dafür.

Bei meiner Nachbarin war der Abfluss ebenfalls verstopft. Sie beauftragte den Installateur. Der kam mit drei Mann und schwerem Gerät. Dann wurde eine große Spirale an den Motor angeschlossen und in den Abfluss eingeführt. Dazu schossen etliche Kubikmeter an Wasser mit hinein. Nach einer Stunde waren die Herren fertig. Am nächsten Tag bekam meine Nachbarin schon die Rechnung - 900 Euro.

Dann hatte ich ein Problem mit der Heizung. Der Heizkörper im Bad wurde einfach nicht mehr warm. Ich suchte im Internet nach ähnlichen Fällen und wurde fündig. Das

Problem lag am Thermostat. Ich löste die kleine Schraube am Kopf und konnte ihn nun abnehmen. Em Ende des Thermostates war ein kleiner Metallstift. Dieser kann nach Jahren durch Verkalkung einfach festsitzen und der Heizkörper funktioniert nicht mehr. Ich schlug mit dem Gummihammer leicht dagegen und wartete. Nach einer Minute wurde die Heizung warm. Ich befestigte den Thermostatkopf und seitdem kann ich den Heizkörper wieder auf- und abdrehen. Hätte ich einen Heizungsmonteur geholt, wäre ich bestimmt 300 Euro losgewesen.

Dann ging mir eine Jalousie kaputt. Sie rutschte oben in den Kasten und ließ sich nicht mehr schließen. Eine Reparatur hätte bestimmt an die Tausend Euro gekostet. Ich ging zum Baumarkt und kaufte mir eine Innenjalousie für 25 Euro. Die befestigte ich innen über dem Fenster und sie funktionierte wunderbar. Seit vielen Jahren hängt sie da und ist immer noch in Ordnung.

Übrigens, als ich einzog, wechselte ich als Erstes den Schließzylinder der Wohnungstür aus. Ich wusste ja nicht, ob mein Vorgänger noch einen Schlüssel zur Wohnung besitzt. Während ich unterwegs bin, wird meine

Wohnung ausgeräumt und die Hausratversicherung zahlt nichts, weil es ja kein Einbruch war. Ich rate jedem der in eine andere Wohnung zieht, sofort den Zylinder auszuwechseln. Das ist eine Arbeit von 5 Minuten. Neue Zylinder gibt es im Baumarkt ab 5 Euro. Es sind drei Schlüssel dabei, bei manchen sogar vier oder fünf. Den Zylinder kann jeder auswechseln. Im Türrahmen ist eine lange Schraube, die den Zylinder fixiert. Diese dreht man heraus, entfernt den alten Zylinder, setzt den neuen ein und dreht die Schraube wieder hinein. Das ist alles. Nun ist man sicher, dass keiner mit einem Nachschlüssel in die Wohnung kommt.

Nach meiner ersten Jahresabrechnung fand ich meinen Wasserverbrauch zu hoch. Das Problem lag wohl an der Toilettenspülung. Ich stellte zwei Liter-Flaschen, gefüllt mit Wasser, in den Spülkasten und verschloß ihn wieder. Nun wurden bei jeder Spülung 2 Liter Wasser weniger verschwendet. An der nächsten Jahresabrechnung war der Unterschied deutlich zu sehen.

Das sind alles Dinge, die man selbst machen kann. Nur vor elektrischen Problemen habe ich Respekt. Da gehe ich nicht ran. Als aber der Kippschalter meiner Stehlampe nicht mehr funktionierte, kaufte ich einen neuen und montierte ihn an das Kabel. Und die Lampe funktionierte wieder.

Als mir die ständigen Besuche von Hornissen, Wespen und Mücken in meiner Wohnung lästig wurden, montierte ich vor dem Fenster ein Mückennetz. Kaufpreis 1 Euro. Die Montage dauerte eine halbe Stunde, aber nun besuchte mich kein lästiges Insekt mehr.

Dies sind nur einige Beispiele, was man selbst tun kann. Ich bin kein Handwerker und kein Mechaniker, aber ich kann doch nicht wegen jedem Furz einen Handwerker holen. Das kann doch keiner bezahlen.

Ich behaupte nicht, dass ich alles kann, denn wer alles kann, kann nichts richtig. Natürlich verletze ich mich auch beim Gebrauch von Werkzeug, wahrscheinlich häufiger als ein Profi. Aber der Schmerz ist nichts im Vergleich zu dem Stolz, den ich empfinde, wenn ich etwas aufgebaut oder repariert habe.

18. Richtig reklamieren
Wenn Traumurlaub zum Alptraum wird.

Jeder hat es schon mal erlebt. Wir kommen nach zwei Stunden Flug und vier Stunden Bustransfer endlich im Hotel an. Das Hotel liegt direkt am Strand, ist aber sehr schön. Leider unsauber. Überall am Strand liegen Zigarettenkippen herum. Das Wasser ist sauber, aber voller Feuerquallen.

Das Personal ist unfreundlich und Service gibt es nur gegen Euro. Das Restaurant hat keine Klimaanlage. Das Frühstück ist langweilig, jeden Tag derselbe Käse und Kaffee aus Automaten (würg). Mittagessen und Abendessen sind viel zu fettig und die Speisen werden lauwarm serviert.

Am Pool gibts kein Bier. Wenn es mal Bier gibt, dann ist es warm. Wasser und Wein stehen ungekühlt auf der Theke. Dann die Zimmer - echt übel. Alt, schmutzig, Fliesen kaputt, Schimmel und Ameisen.

Früher nahm man die Kamera mit, um schöne Urlaubsbilder zu machen und den Freunden zu zeigen. Heute macht der Urlauber (speziell der Deutsche) Bilder vom Hotel, von der Anlage, vom Strand und von den Zimmern, damit er nach der Reise beim Veranstalter Schadensersatz einfordern kann.

Von der ersten Stunde an ist der Deutsche auf der Suche nach Dingen, die er reklamieren kann. Dazu braucht er natürlich Fotos als Beweis. Mancher kommt vom Urlaub zurück und hat kein einziges Urlaubsfoto gemacht.

Damit man richtig reklamieren kann sollte man die Frankfurter Tabelle studieren darin ist genau geregelt, wieviel Prozent von den Reisekosten man zurück erhalten kann.

In dieser Tabelle ist alles genau aufgeführt:
Mängel an der Unterkunft
Mängel am Essen
Mängel am Service
Mängel am Transport
Mängel an der Hotelanlage
Mängel am Strand

Diese Tabelle kann man sich im Internet herunterladen. Sie umfasst meistens nur 5 Seiten. Aber um alles zu lesen und verstehen braucht man sicher den ganzen Tag.

Daneben gibt es auch noch die Würzburger Tabelle. Sie befasst sich mit Kreuzfahrten und hat einen Umfang von nur 60 Seiten. Hier muss man schon eine Woche einplanen, bis man alles kapiert hat.

Dann gibt es noch die Kemptener Reisemängeltabelle. Sie wurde auf der Basis von Gerichtsurteilen aufgestellt und hat immerhin auch noch 24 Seiten.

Wer jetzt noch nicht genug hat, auch der ADAC hat eine Reisemängeltabelle mit 32 Seiten. Bis sie alle Tabellen durchgelesen haben sind sie sowieso Urlaubsreif. Viel Spaß beim Lesen.

Ich muss zugeben, ich habe das auch schon ausprobiert. Ich suchte in der ganzen Hotelanlage nach Schädlingen. Nach Spinnen, Skorpionen, Ratten und Mäusen. Als ich nichts fand, war mein ganzer Urlaub versaut. Deshalb habe ich mich bei der nächsten Reise entsprechend vorbereitet und die Schädlinge gleich selbst mitgebracht. Natürlich keine echten, sondern aus Gummi. Die waren so gut gemacht, dass man sie auf einem Foto nicht als Fälschungen erkannte.

Es gibt spezielle Geschäfte für Halloween-Bedarf. Da kostet ein 48-teiliges Set von Verschiedenen Insekten aus Gummi unter 20 Euro. Eine Investition, die sich lohnen kann. Weitere Beispiele:

Eine Ratte, braunes Fell, gibt es für 5,99.
Kleine Spinnen (60 Stück) für 2,99.
Mäuse (10 Stück) für 3,99.
Eine Kakerlake für 3,49.
Eine Fleischfliege für 2,49
Eine Tüte kleiner Kakerlaken für 2,95
Bunte Raupen für 3,95

Ich habe mir eine Auswahl an Ungeziefer angeschafft. Die Anwendung ist vielseitig und die Anschaffung lohnt sich, da sie immer wieder verwendet werden können. Ich habe mir extra vom Angelshop eine kleine Schachtel für die Köder besorgt. Da passt meine Kollektion hinein und ist sauber geordnet.

Allerdings habe ich auch darauf geachtet, nur Schädlinge zu verwenden, die in dem Urlaubsland auch vorkommen. Und ich wechsle regelmäßig den Reiseveranstalter.

So vorbereitet, konnte nichts mehr schiefgehen und ein toller Urlaub war garantiert. Mit dem Geld, das ich zurückbekam, wurde gleich der nächste Urlaub finanziert. Aber bitte, nicht nachmachen.

19. Der wahre Jakob
*Jede Reise beginnt
mit dem ersten Schritt.*

Wer schon mal den Westweg von Pforzheim nach Basel gemacht hat möchte irgendwann auch den Jakobsweg machen.

Wer war eigentlich dieser Jakob? Gemeint ist der heilige Jakobus, auch Jakobus der Ältere genannt. Er war der Sohn des Fischers Zebedäus und der Salome. Er gehörte zusammen mit seinem Bruder Johannes und dem Brüderpaar Petrus und Andreas, zu den von Jesus erstgewählten Aposteln. Da kommt auch der Ausdruck her: *Der wahre Jakob.* Wir kennen noch den Katzajakob, zu deutsch: *Der Sensenmann/Der Tod.*

Nach Christus Himmelfahrt bekamen alle Jünger den Auftrag, das Wort Gottes in die Welt zu tragen. Die Aufgabe von Jakobus war es, die iberische Halbinsel zu christianisieren. Nachdem dieser Versuch scheiterte, kehrte er nach Jerusalem zurück und wurde im Auftrag von Herodes Agrippa I. enthauptet.

Es gibt verschiedene Legenden. Eine davon: Seine Jünger legten seinen Leichnam in ein steuerloses Schiff das unweit des heutigen Santiago de Compostela an Land trieb. Dort wurde eine Kirche erbaut und bis heute ist der Ort das Ziel der Pilgerreise.

Wo beginnt der Jakobsweg? Der Jakobsweg beginnt da, wo man losgeht. Also in der Regel an der Haustür. Über ganz Deutschland verteilt ist ein Netz von 30 Jakobswegen. Sogar über ganz Europa verteilt sind die Routen.

Der offizielle und bekannteste Weg ist der Camino Frances. Er beginnt in den Pyrenäen und führt über 800 Kilometer nach Santiago de Compostela. Je nach dem, wo man in Europa startet kann der Weg bis zu 3000 Kilometer lang sein. Doch das Ziel ist immer dasselbe, Santiago de Compostela.

Es gibt Leute, die gehen nur eine Etappe und behaupten dann voller Stolz: *Ich habe den Jakobsweg gemacht.* Wir wollen aber den richtigen Weg machen und haben die Wahl zwischen Camino Frances, Camino Primitivo und Camino Finisterre. Die meisten Pilger nehmen den Camino Frances. Dieser ist der bekannteste und führt über 32 Etappen von Saint-Jean-Pied-de-Port nach Santiago de Compostela. Die Etappen haben zwischen 20 und 40 Kilometern. Die gesamte Strecke 800 Kilometer.

Natürlich können wir nicht einfach starten. Dazu braucht es einiger Vorbereitungen. Als erstes müssen wir uns für einen der drei Wege entscheiden. Wir nehmen also den Camino Frances.

Bevor wir losgehen, müssen wir einen Pilgerpass (Credencial) beantragen, in dem die Stempel der Herbergen und Etappen gesammelt werden. Den Pass bekommt man bei der St. Jakobus-Gesellschaft in Würzburg. Am Ende des Weges bekommt man die Urkunde (Compostela) ausgehändigt.

Den Weg kann man übrigens nicht nur zu Fuß, sondern auch mit einem Pferd oder Esel machen. Auch mit dem Fahrrad ist es inzwischen erlaubt und davon machen immer mehr Gebrauch.

Da wäre noch der beste Zeitpunkt. Der ist natürlich nicht im heißen Sommer, sondern im Frühling oder Herbst.

Wichtig ist auch, was man mitnimmt. Auf keinen Fall zuviel Gepäck, denn man muss es mindestens 32 Tage lang tragen. Am Besten nur eine Hose und zwei T-Shirts, spezielle Trekkingsocken, ein Satz Freizeit- und

Schlafkleidung für den Abend, einen Hut und eine Regenjacke. Ein Thermobeutel für kühle Wasserflaschen und schnelltrocknende Handtücher aus Mikrofaser. Sonnencreme und gute Blasenpflaster, sowie Kohletabletten und Salbe gegen Entzündungen gehören in die Reiseapotheke.

In den meisten Herbergen kann man die Wäsche waschen. Manche haben sogar Waschmaschinen und Wäschetrockner.

Die erste Etappe ist auch gleich die schwerste, die Überquerung der Pyrenäen. Am nächsten Morgen hat man sicher Schmerzen an den Füßen, den Gelenken und am Rücken. Nun gibt es zwei Möglichkeiten, aufgeben oder weiterwandern. Wir machen natürlich weiter. Egal wie sehr es weh tut, schon nach einer Stunde hat man die Schmerzen vergessen.

Wir brauchen kein Navigationssystem, aber eine Karte kann nicht schaden. Ansonsten folgen wir immer der Jakobsmuschel. Sie kommt in allen Formen und Farben vor und weist den Pilgern den Weg zum Ziel.

Auf jeden Fall sollten wir auch einen guten Wanderstock mitnehmen. Man kann diesen aber auch unterwegs in den Souvenirläden kaufen.

Wir sollten auch nicht zuviele Nahrungsmittel mitnehmen. Unterwegs kommen wir immer mal in die Nähe eines Supermarktes und können dort einkaufen.

Ganz wichtig. Wenn es sich vermeiden lässt, sollten wir auf Gemeinschaftsherbergen verzichten Hier können wir zwar billig übernachten, aber lieber ein paar Euro in eine private Herberge investieren.

Unterwegs kommen wir an Monasterio de Samos, einem der ältesten Klöster Europas vorbei. Das Kloster können wir nicht besichtigen, aber um 19.30 Uhr öffnet die Kirche zur Messe. Höhepunkt des Abends sind die singenden Affen. Moment da stimmt etwas nicht. Ich habe das Wort Monk (Mönch) mit Monkey (Affe) verwechselt. Also in der Kirche singen keine Affen sondern Mönche.

Auf den letzten 100 Kilometern vor dem Ziel wird es eng. Möchtegern-Pilger fahren bis hierher mit dem Bus und haben dann nur wenig Gepäck für die restliche Strecke. Die Urkunde erhält man in Santiago, wenn man Stempel der Herbergen auf den letzten 100

Kilometern vorweisen kann. Darum geht es also den Möchtegern-Pilgerern.

Der Höhepunkt für jeden Pilgerer ist das Ankommen an der Kathedrale in Santiago de Compostela und die Pilgerermesse. Sie wird drei- bis viermal am Tag veranstaltet. Allerdings hat auch hier die moderne Technik Einzug gehalten. Flatscreen-Fernseher, elektrische Kerzen und tobender Applaus aus den Lautsprechern lassen den Wert des Pilgerns vergessen. Aber auch hier gilt: Der Weg ist das Ziel.

Ungeübte Wanderer sollten erst mal den Westweg von Pforzheim nach Basel laufen. Dann auch noch den Mittelweg und wenn sie noch Kraft haben auch den Ostweg. Die Querwege können sie auslassen. Wenn sie das schaffen könne sie das Abenteuer Jakobsweg starten.

Nachdem ich diese Geschichte nochmal durchgelesen hatte musste ich zugeben, diese Strapazen kann ich nicht mehr bewältigen. Aber vor 20 Jahren wäre ich sofort losmarschiert. Darauf könnt ihr euch verlassen.

20. Wohin gehen meine Klamotten?
Ich spende für die Dritte Welt, ein anderer macht daraus viel Geld.

Es war mal wieder Zeit, meinen Kleiderschrank auszuräumen. Ich brauchte Platz für neue Kleidung. Ich sortierte T-Shirts aus, die mir längst zu klein waren. Dazu kamen Unterwäsche und Socken. Natürlich alles frisch gewaschen und zusammengelegt. Bald hatte ich vier blaue Säcke gefüllt und brachte sie zum Altkleidercontainer des Roten Kreuzes. In Afrika gibt es so viele arme Menschen, da kommt meine Kleidung bestimmt gut an.

Als ich wieder zu Hause war ging ich ins Internet um nachzusehen, was eigentlich mit meinen gespendeten Kleidungsstücken passiert. Ich war geschockt. So etwas hätte ich nicht erwartet. Die Kleidung wird teilweise verkauft und geht nicht an Bedürftige.

Das Rote Kreuz leert die Container zum Teil nicht mehr selbst, sondern verkauft die Kleidersäcke an Recycling- und Sortierbetriebe.

Jährlich werden bis zu 100.000 Tonnen Altkleider an das DRK gespendet. Die Hälfte davon ist nicht mehr tragbar und wird recycelt. Daraus werden Putzlappen oder Dämmstoffe für Autos.

Wenn ich mir das vorstelle, meine Unterhose steckt in der Türverkleidung einer edlen Limousine?

Von dem Rest werden 40% an Verwertungsunternehmen verkauft. Die Kleidung wird nach Osteuropa und Afrika verkauft und dort gehandelt.

Nur 10% kommen in die Kleiderkammern, wo sie kostenlos an Bedürftige ausgegeben werden. Die Kammern sind aber ziemlich voll, weshalb die Kleidung weiterverkauft werden muss. Nun gut, mit dem Erlös aus dem Verkauf werden andere Projekte des DRK finanziert. Das gibt mir nun doch ein gutes Gefühl.

Natürlich ist mir klar, dass dicke Lederjacken oder Wintermäntel in Afrika nicht gebraucht werden, aber in Osteuropa wird es oft sehr kalt. Doch der Transport kostet wohl zuviel Geld.

Allerdings stellen auch dubiose Sammler Container auf. Diese machen ein gutes Geschäft mit den Altkleidern und nichts davon geht an Bedürftige.

Man sollte also darauf achten, wer den Behälter aufgestellt hat und wenn er unbekannt ist, nichts einwerfen. Ich bin schon froh, wenn ich in der Nähe einen Container finde. Jetzt soll ich auch noch prüfen, wer ihn aufgestellt hat? Und vielleicht die Säcke wieder mit nach Hause nehmen? Ich bin doch nicht bescheuert.

Manchmal werden auch Boxen oder Tonnen vor jedes Haus gestellt, die man dann mit Kleidung und Schuhen füllen soll. Diese werden einige Tage später abgeholt, aber nicht vom DRK.

Sicher geht nicht alles mit rechten Dingen zu. Trotzdem werde ich meine alte Kleidung nicht in den Hausmüll werfen, wie es schon vorgeschlagen wurde, sondern weiter zum Container bringen.

Ein weiteres Problem sind die Spendengelder. Wohin geht das Geld? Immer vor Weihnachten werden wir mit Bettelbriefen überflutet. Diese Art von Werbung kostet viel Geld und ein Großteil der Spenden geht dafür drauf. Immer mehr bleibt im System hängen und immer weniger landet wirklich bei den Bedürftigen.

Mit pauschalen Aussagen wie das Geld verschwindet in dunklen Kanälen oder es kommt dort nichts an oder alles geht für die Verwaltung drauf, sollte man sich hüten, denn sie sind falsch.

In den Medien stehen die Spendenaufrufe im Vordergrund (nach Katastrophen) und weniger die Rückmeldungen, was mit den Spenden erreicht wurde. Offenbar ist dieses Thema nicht interessant genug.

Wenn man unbedingt Geld spenden will, sollte man erst mal in der Verwandschaft nachsehen. Sicher gibt es da auch bedürftige Personen.

Meine Familie erhielt nach dem zweiten Weltkrieg Kleiderspenden aus den USA, aber nicht von einer Hilfsorganisation, sondern von Verwandten. Die sammelten getragene Hemden, Hosen, Krawatten, Kleider und vor allen Dingen Schuhe und schickten sie in einem großen Paket an uns. Wir Jungen hatten meist nur 1 Paar Schuhe und kein Geld für den Schuhmacher. Auch wenn die Kleidung ungewöhnlich war, die Hemden in bunten Farben, die Krawatten viel zu breit, die Hosen mit einem merkwürdigen Schnitt und komische Schuhe, aber wir waren froh um jedes Kleidungsstück.

Neben der Kleidung waren auch Süßigkeiten im Paket, dazu Maxwell-Kaffee und für den Großvater eine Dose Schnupftabak. Wir Kinder waren natürlich auf die Süßigkeiten scharf, besonders auf Kaugummi. Das Paket musste aber erst durch den Zoll auf dem Zollamt an der Durlacher Straße. Dort verlangte der Zollbeamte für den Schnupftabak von meiner Mutter Geld, das sie nicht hatte. Also behielt er den Schnupftabak ein. Wahrscheinlich hat er ihn selbst geschnupft.

Sicher wurde in den Staaten auch Geld gesammelt und gespendet. Aber bei uns kam nichts an. Sind die Spendengelder schon damals irgendwo versickert?

Die große Ausnahme waren die CARE-Pakete. Davon erreichte wenigstens ein Teil die arme Bevölkerung. Vorwiegend waren das Trockenmilch, Eipulver und Käse. Was mit den anderen Dingen passierte wissen wir nicht. Wir hatten ja keine Ahnung, was in einem CARE-Paket drin war. Inzwischen habe ich mich informiert.

Nach dem zweiten Weltkrieg waren Millionen Menschen ohne Nahrung, Kleidung und

Medikamente. In den USA gründeten 22 Wohlfahrtsverbände die private Hilfsorganisation CARE (Cooperative for American Remittance to Europe) um Hilfsaktionen für Europa zu koordinieren.

Auch die US-Armee stellte aus ihrem Depot 2,8 Millionen Armeerationspakete zur Verfügung. Das Verbot, Hilfslieferungen nach Deutschland zu senden, endete im Dezember 1945. Ab Juni 1946 durften die Pakete in die britische Besatzungszone und ab Dezember 1946 in die französische Besatzungszone gesandt werden. Die ersten Pakete für die amerikanische Zone trafen im August 1946 im Hafen von Bremen ein. Im März 1947 begann CARE Pakete zu verschicken. 100 Millionen CARE-Pakete wurden in ganz Europa verteilt. Fast 10 Millionen erreichten zwischen 1946 und 1960 Westdeutschland, davon gingen allein 3 Millionen nach West-Berlin. Besonders über die Luftbrücke 1948/1949.

Die ersten CARE-Pakete waren sogenannte Ten-in-one-Rationen aus Beständen der US-Armee, ursprünglich dafür gedacht, zehn Soldaten mit einer Mahlzeit zu versorgen. Jedes Paket enthielt:

9,8 Pfund Fleisch und Innereien
6,5 Pfund Cornflakes, Haferflocken, Kekse
3,6 Pfund Obst und Pudding
2,3 Pfund Gemüse
3,9 Pfund Zucker
1,1 Pfund Kakao, Kaffee und Saftpulver
0,8 Pfund kondensierte Milch
0,5 Pfund Butter
0,4 Pfund Käse
1 Packung Zigaretten
Kaugummi

Im März 1947, als die Bestände an Zehner-Paketen verbraucht waren, begann CARE Pakete zu verschicken, deren Inhalt sie selbst zusammenstellten. Ein CARE-Paket enthielt als Standard-Ausstattung:

1 Pfund Rindfleisch in Kraftbrühe
1 Pfund Steaks und Nieren
1/2 Pfund Leber
1/2 Pfund Cornes Beef
3/4 Pfund Prem (Frühstücksfleisch)
1/2 Pfund Speck
2 Pfund Margarine
1 Pfund Schweineschmalz

2 Pfund Zucker
1 Pfund Honig
1 Pfund Schokolade
1 Pfund Rosinen
1 Pfund Aprikosen-Konserven
1/2 Pfund Eipulver
2 Pfund Vollmilchpulver
2 Pfund Kaffee

Die Pakete wurden nicht an die Bevölkerung direkt verteilt, sondern gingen in unserem Fall an das Pfarramt. Schließlich wussten die Seelsorger am Besten, welche Familie am Bedürftigsten war. Natürlich wurden die bevorzugt, die jeden Sonntag in der Kirche waren.

Meine Mutter hatte 6 Kinder und keine Zeit für die Kirche. Der Vater war in französischer Gefangenschaft 1945 verstorben.

Als kleiner Junge durfte ich immer mit zum Pfarramt und sah, was dort verteilt wurde. Wir erhielten Trockenmilch, Eipulver und Zucker, dazu noch salzigen Käse.

Ich kann mich aber nicht erinnern, dass wir jemals Kaffee, Obst, Schokolade oder Rosinen erhielten. Auch Fleisch gab es keines.

Natürlich wussten wir nicht, was in den Paketen drin war, sonst hätten wir nachfragen können. So wurden die guten Sachen schon damals ungleich verteilt. In den ersten US-Paketen waren auch Zigaretten und Kaugummi. Wo sind die geblieben? Sind sie auf dem Schwarzmarkt gelandet?

Wir wundern uns heute, wenn Hilfslieferungen nach Afrika nicht die Bedürftigen erreichen? Und wie war das damals bei uns?

21. Super-Schnäppchen
Wer zu spät kommt,
den bestraft das Leben.

Es gibt sie immer noch, Schnäppchen für 1 Euro. Ich meine jetzt nicht den 1-Euro-Ramschladen, sondern Schlösser, Kirchen, Mühlen, Türme, Autowerke, Kaufhäuser und Burgen.

Von Zeit zu Zeit wird ein solches Objekt für einen symbolischen Preis von 1 Euro angeboten. Leider kam ich immer zu spät und andere erhielten den Zuschlag.

Ich fange mal ganz früh an mit dem U-Boot U 995. Wer schon mal in Kiel-Laboe war kann es besichtigen. Es liegt genau vor dem Ehrenmal am Strand.

Das U-Boot wurde im zweiten Weltkrieg eingesetzt und führte ab 1943 Angriffe durch. Es war an der Versenkung eines Zerstörers und einiger Frachter beteiligt. Gegen Kriegsende musste das Boot überholt werden und lag in einer Werft in Trondheim. Dort fiel es als Kriegsbeute zuerst an Großbritannien, dann an Norwegen. 1965 wurde es an Deutschland zurückgegeben für einen symbolischen Preis von 1 DM. So fing also alles an.

1993 wurde die älteste noch funktionierende Windmühle, die Steprather Mühle in Walbeck für 1 DM verkauft. Da kam ich zu spät. Den Zuschlag erhielt ein Förderverein.

Ein Jahr später gab es wieder ein interessantes Objekt, der Wasserturm in Hamburg-Lohbrügge (Sander Dickkopp). Auch hier war wieder ein anderer schneller und kaufte den Dickkopp für 1 DM.

1997 wurde das Fahrgastschiff Tutzing für 1 DM angeboten. Bis ich herausgefunden hatte, wo Tutzing überhaupt ist, war es schon verkauft, an einen Verein.

Dann kam die Wende und in Sachsen wurden Schlösser zu einem Preis von 1 DM verkauft. Heute stehen die meisten dieser Schlösser leer und sind immer noch nicht saniert. Ich bin froh, dass ich damals nicht auch zugeschlagen hatte.

2008 war dann eine Kirche an der Reihe. Die Tölzer Franziskanerkirche. Seit dem Ende des Klosters spielte die Kirche keine Rolle mehr. Inzwischen wurde die Kirche für 1 Euro an die Erzdiözöse München und Freising verkauft.

2010 dann der große Coup. Nicolas Berggrün übernahm den Karstadt-Konzern für 1 Euro. Nicolas Berggrün ist ein deutsch-amerikanischer Investor. Sein Vermögen wird auf 1,5 Milliarden Dollar geschätzt.

2011 stand wieder eine Burg zum Verkauf. Die Burg Beverungen. Der bisherige Eigentümer hatte sich übernommen und verkaufte die Burg an die Stadt Beverungen für 1 Euro. Da hätte ich günstig zu einer Burg kommen können. Aber wie immer, kam ich zu spät.

2012 dann der größte Brocken. Ein ganzes Automobilwerk für 1 Euro. Mitsubishi wollte das Werk im niederländischen Born dichtmachen und stellte die Produktion ein. Das Werk wurde für 1 Euro angeboten, vorausgesetzt die 1500 Arbeitsplätze blieben erhalten. Offenbar hat sich kein Käufer gefunden.

2013 verkaufte die HSH Nordbank ihre Immobiliensparte für 1 Euro. Das waren Tausende von Objekten. Irgendwer schnappte mir dieses Geschäft vor der Nase weg.

2014 kaufte Rene Benko von Nicolas Berggrün die Warenhauskette Karstadt, wiederum für 1 Euro. Rene Benko ist ein österreichischer Immobilienunternehmer. Sein Vermögen wird auf 1,1 Milliarden Euro geschätzt.

2015 war dann wieder eine Burg an der Reihe. Die Kaltenburg, am Zusammenfluss von Lone und Hürbe. Der bisherige Eigentümer Eduard Schleicher verkaufte die Burg an eine Bürgerinitiative.

Wenn ich so zurückdenke, sind mir ganz schöne Schnäppchen entgangen. Aber als Privatmann hat man kaum eine Chance. Man müsste schon eine Firma oder Gesellschaft vertreten, um zum Zug zu kommen.

Seit neuestem gibt es eine neue Unternehmensform. Die UG, Mini GmbH oder Ein-Euro-GmbH.

Die Unternehmergesellschaft (UG) kann bereits von einem Gesellschafter gegründet werden. Sie wird auch als kleine Schwester der GmbH oder Mini GmbH bezeichnet. Sie beschränkt die Haftung auf das Vermögen der Gesellschaft, in diesem Fall 1 Euro (Ein-Euro-GmbH). Damit ist sie auch eine Kapitalgesellschaft. Ich gründe also eine Mini GmbH und sobald ein Objekt für 1 Euro angeboten wird, schlage ich zu. Diesmal entgeht mir kein Schnäppchen mehr.

22. Nimm doch ab und zu mal ab
*Ich kann nicht abnehmen,
wenn ich ständig Ärger
in mich hineinfresse.*

Vor einigen Tagen habe ich festgestellt, dass ich alt geworden bin. Das Altern kann ich nicht aufhalten, das ist ein biologischer Prozess. Aber dass ich auch noch zu dick bin, dagegen kann ich etwas tun.

Ich habe es fertig gebracht, keinen Alkohol mehr zu trinken. Und ich habe es fertig gebracht, nicht mehr zu rauchen. Nun dürfte es mir doch nicht schwerfallen, auch noch abzunehmen.

Seit Jahren versuche ich abzunehmen und werde immer noch dicker. Ich habe verschiedene Mittel versucht und diese hatten immer dieselbe Wirkung. In der ersten Woche nahm ich bis zu 4 Kilo ab, in der zweiten Woche nur noch 1 Kilo. Dann war Stillstand.

Bauch weg - Geld weg. Bauchmuskeltrainer versprechen Waschbrettbauch statt Wampe. Im TV werden jede Woche neue Geräte vorgestellt. Vorgeführt werden die Geräte von jungen durchtrainierten Männern und Frauen, die alle Traumfiguren haben. Wer wünscht sich nicht auch solch eine Figur?

Nur 10 Minuten täglich, so lautete die Werbung für einen Waschbrettbauch. Ich habe das Gerät gekauft und täglich 20 Minuten geübt. Tag für Tag dieselben Übungen, ein ganzes Jahr lang. Dann habe ich nachgemessen, mein Bauchumfang hatte um einen Zentimeter zugenommen. Ich stellte mich vor den Spiegel und suchte meinen Waschbrettbauch. Da war nichts zu sehen. Vielleicht lag es auch an meiner Brille und ich sollte mal zum Optiker gehen. Aber meine Waage log nicht. Sie zeigte 3 Kilo mehr an, als vor einem Jahr.

Übrigens, achten sie mal darauf, wenn man zunimmt spricht man immer von Kilo, wenn man abgenommen hat spricht man von Pfund. Das hört sich doch gleich besser an.

In Zeitschriften, im Internet, in der Apotheke und in der Drogerie, überall werden verschiedene Schlankheitsmittel angeboten. Dabei werden immer die Vorher-Nachher-Bilder gezeigt.

Unglaubliche Abnehmerfolge lassen uns weich werden und das Mittel kaufen. Je teurer das Mittel ist, um so besser muss es ja sein.

Man sieht Menschen, die in nur vier Wochen 30 Kilo abgenommen haben. Natürlich ist das möglich, wenn man vorher 200 Kilo gewogen hat. Aber selbst da habe ich Zweifel. Außerdem sind die Hersteller mit ihren Angaben vorsichtig. Keiner behauptet, man nimmt 20 Kilo ab. Es heißt dagegen, sie können bis zu 20 Kilo abnehmen. Dieses bis zu sichert die Hersteller ab.

Die meisten Mittel zum Abnehmen kommen aus den USA, ebenso die immer wieder neuesten Fitnessgeräte. Da über 50% der Amerikaner übergewichtig sind, ist dort auch ein großer Markt für diese Mittel und Geräte. Inzwischen sind auch in Deutschland 50% der Männer zu dick. Das ist für die Amis ein neuer Markt.

Ich habe verschiedene Mittel ausprobiert, aber der gewünschte Erfolg blieb aus. Vielen anderen erging es ebenso. Vielleicht liegt auch der Fehler darin, dass man das Ziel zu hoch ansetzt.

Deshalb habe ich mir nun vorgenommen nur 5 Kilo abzunehmen. Aber nicht in einer Woche sondern in einem Jahr, ganz ohne Hilfsmittel, nur durch Ernährung.

Ich trinke vor jeder Mahlzeit 1 Glas Wasser.
Ich trinke täglich1 Glas Apfelessig (würg).
Ich trinke zwischendurch 1 Glas Milch.
Ich trinke täglich zwei große Tassen Kaffee.
Ich trinke täglich mindestens 3 Liter.
Ich werde eine Mahlzeit durch Müsli ersetzen.

In der Schweiz leben die schlanksten Frauen Europas. Das kann nur am Müsli liegen. Ich werde mich erst in einem Jahr wieder auf die Waage stellen. Dann sehe ich, ob ich die richtige Entscheidung getroffen habe. Natürlich merke ich das schon vorher, auch ohne Waage, an meinem Gürtel. Ein Loch im Gürtel entspricht einem Kilo, nach oben oder nach unten.

Zu dieser Geschichte passt ein Lied von Schobert & Black aus dem Jahr 1977. Hier der Refrain aus dem Lied, Nimm doch ab und zu mal ab:

Nimm doch ab und zu mal ab,
bring dich doch selber nicht ins Grab,
überlaß das doch dem Sensenmann,
der das viel besser kann!

Nimm doch ab und zu mal ab,
bring dich doch selber nicht ins Grab,
bleibe weg von Blockwurst und Mett,
ein guter Mensch ist niemals fett.

Nimm doch ab und zu mal ab,
bring dich doch selber nicht ins Grab,
trinke nie einen über den Durscht,
dem Fetten ist doch alles Wurscht.

Nimm doch ab und zu mal ab,
bring dich doch selber nicht ins Grab,
hast du dann dein Ziel erreicht,
bist du gesünder..........vielleicht!

23. Fastenzeit und Fastentricks
*Dreimal schlecht gegessen
ist auch gefastet.*

Eigentlich ist das sicherste Mittel abzunehmen, einfach fasten. Ich meine damit nicht nur fleischlos ernähren, das ist kein Fasten. Das nennt man vegan oder vegetarisch. Ich meine Heilfasten.

Was ist Heilfasten? Da gibt es verschiedene Arten. Zum Beispiel das Buchinger-Heilfasten. Hier nimmt man nur Gemüsebrühe, Säfte und Honig zu sich.

Dann das Fasten nach Mayr, die Milch-Semmel-Diät. Oder das Saftfasten bei dem nur Obst- und Gemüsesäfte getrunken werden.

Beim Früchtefasten nimmt man nur Früchte, Gemüse, Kräuter und Nüsse zu sich. Am beliebtesten ist das Teefasten. Hier trinkt man ausschließlich Tee und Wasser.

Egal für was ich mich entscheide, es muss auf jeden Fall zuerst mit dem Arzt abgesprochen werden.

Ich habe mich entschieden für das Teefasten. Ich trinke nur Tee und esse überhaupt nichts. Und das nicht nur einen Tag, sondern

14 Tage lang. Die Kilos werden nur so purzeln und in 14 Tagen bin ich 10 Kilo leichter, wenn ich das überlebe. Der Arzt muss aber noch zustimmen.

Fasten mussten früher nur die Geistlichen und die Mönche. Die lebten das ganze Jahr im Überfluß und die Fastenzeit war für ihre Gesundheit wichtig. Die einfachen Menschen (Bauern) fasteten das ganze Jahr. Fleisch gab es für sie sowieso nicht und Gemüse und Obst waren immer zu wenig.

Für den Klerus und die Mönche war jedoch die Fastenzeit viel zu lang. Ein paar Tage hätten sie es schon ausgehalten, aber 40 Tage während der Passionszeit? Und zur Vorbereitung auf Weihnachten gibt es eine zweite, ebenfalls 40-tägige Bußzeit, den Advent.

Deshalb ließen sie sich ein paar Tricks einfallen, um die strengen Fastenregeln zu umgehen. Fleisch, Eier und Milchprodukte waren in der Fastenzeit Tabu.

Um jedoch an den Fastentagen Fleisch essen zu können, erklärte die Kirche im 15. Jahrhundert die Tiere Biber, Otter und Dachs einfach zu Fischen. Und Fische durften sie ja essen.

Bei den Mönchen war es schon etwas schwieriger. Die mussten tricksen. Das beste Beispiel sind *Herrgotts Bscheißerle* - schwäbische Maultaschen. Der Begriff stammt angeblich aus dem Kloster Maulbronn, deshalb auch Maultasche. Die Brüder bekamen während der Fastenzeit ein Stück Fleisch geschenkt. Das wollten sie nicht verkommen lassen, aber auch nicht den Unmut der Kirchenoberen erregen. Also hackten sie das Fleisch klein und mischten es mit Kräutern und Gemüse. Dann versteckten sie die Masse in einem Nudelteig, der in kleine Portionen aufgeteilt wurde. Fertig war die Maultasche. Ähnliches erzählt man sich über Strudel und Pasteten.

Nicht verzehrt werden durften warmblütige vierbeinige Tiere. Erlaubt waren Enten, Gänse, Fische oder Krebse, also sogenannte Wassertiere. In manchen Klöstern wurden Spanferkel in den Brunnen geworfen, wieder herausgezogen und als Fisch verzehrt.

Auch Alkohol unterlag in manchen Orten dem Fastengebot. Deshalb brauten Mönche irgendwann das sogenannte Fastenbier. Der Genuss musste aber vom Papst genehmigt werden. Auch brauchten sie eine Erlaubnis, ein solches Bier herzustellen.

Also ließen sie ein Probefass nach Rom karren. Auf dem langen Weg dorthin verdarb das Bier. Der Papst nahm einen Schluck und fand es widerlich. Er entschied: *Wenn sie so etwas trinken wollen, dann sollen sie es haben.* Daraufhin brauten die Mönche sogar extra starkes Bier. Deshalb ist heute die Fastenzeit auch die Starkbierzeit.

24. Macken und Marotten
*Die schönsten Rosen sind
die Zwangsneurosen.*

Jeder hat eine oder mehrere Macken. Wer glaubt, er hätte keine, der hat wohl die Größte.

Die besten Beispiele sehen wir in der Fernsehserie Monk. Adrian Monk, der geniale Detektiv, hat so viele Macken, dass man sie hier nicht aufzählen kann. Ob das nun Macken, Marotten oder Zwangsneurosen sind, das können allerdings nur Psychiater beurteilen.

Nachdem ich mir einige Folgen von Monk angesehen hatte fiel mir auf, dass ich auch einige Macken habe. Sie sind harmlos und ich tue sie ganz unbewusst.

Zum Beispiel beim Einkaufen. Ich nehme nie die vorderste Packung aus dem Regal. Ich greife lieber nach hinten und nehme die zweite oder dritte Packung. Das hat aber seinen Grund. Die Angestellten stellen die Ware, die nur noch einige Tage haltbar ist, ganz nach vorn. Je weiter man nach hinten greift, um so länger hält die Packung noch. Ich glaube, das ist keine Macke, sondern gesunder Menschenverstand.

Beim Shampoo wäre es eigentlich egal, trotzdem nehme ich auch hier nicht die vorderste Flasche. Hier geht es nicht um die Haltbarkeit, hier geht es um Keime. Diese Flasche haben sicher schon Hunderte angefasst und darauf ihre Keime hinterlassen. Ich glaube, das ist auch keine Macke.

Wenn ich meine Fernsehzeitschrift kaufe, nehme ich auch nicht die erste aus dem Stapel, sondern die zweite oder dritte. Auch hier wieder wegen der Keime. Die erste wurde bestimmt schon von vielen Leuten angefasst, oder jemand hat darauf gehustet. Das ist also auch keine Macke.

Wenn ich nach Hause komme, nehme ich die Schlüssel schon 20 Meter vor der Haustür aus der Tasche, so dass ich den Hausschlüssel bereit habe, wenn ich vor der Tür bin. Manche Frauen stehen abends vor der Haustür, dann fangen sie an in der Handtasche zu kramen. Bis sie den Schlüssel finden ist es schon früher Morgen. Wer nun die größere Marotte hat, entscheiden sie selbst.

Wenn ich Polizisten sehe, was mit der heutigen blauen Uniform gar nicht so einfach ist, habe ich immer ein schlechtes Gewissen und verhalte mich unauffällig. Am liebsten würde ich in ein Mauseloch kriechen. Dabei habe ich gar nichts angestellt und bin völlig harmlos. Ich habe noch nicht mal einen Vollbart. Ich glaube, das ist eine echte Macke.

Wenn ich an der Haltestelle auf den Bus warte, der sich mal wieder verspätet, zähle ich die Mercedes, die vorbeifahren. Dann stelle ich fest, ich bin eine arme Sau weil jeder Zweite einen Daimler fährt und ich habe keinen. Ist das eine Macke oder nur Neid?

Manchmal merke ich mir auch die Kennzeichen der vorbeifahrenden Autos. Ich könnte ja mal als Zeuge ins Gericht geladen werden. Allerdings habe ich die Kennzeichen nach wenigen Sekunden wieder vergessen. Das ist eine echte Marotte, denn sie ist nutzlos.

Sehe ich schief aufgehängte Bilder muss ich sie unbedingt gerade rücken. Dazu habe ich immer eine Mini-Wasserwaage in der Tasche. Aber so schlimm wie bei Loriot in seinem bekannten Sketch *Das Bild hängt schief* ist es bisher nicht ausgegangen. Eigentlich könnte es mir aber egal sein, wie die anderen Leute ihre Bilder aufhängen. Deshalb zähle ich das zu den Marotten.

Manchmal verschieben sich meine Teppiche und liegen schräg. Das kann ich gar nicht sehen und muss es sofort korrigieren, so dass alle wieder schön gerade liegen. Kein Problem macht mir der große runde Teppich. Bei der Gelegenheit könnte ich mal wieder saugen. Eine Marotte?

Meine Geldscheine stecken in der Geldbörse immer schön geordnet. Die großen Scheine hinten, dann die mittelgroßen Scheine und vorne die Fünfer. Wenn das eine Marotte ist, dann haben viele Menschen diese. Die meisten haben jedoch kein Problem damit, da sie keine großen Scheine besitzen. Früher ging es mir auch so. Da hatte ich oft nur einen Schein im Geldbeutel, da gab es nichts zu sortieren.

Nochmal zum Einkaufen. Wenn ich den Wagen zurückbringe schiebe ich ihn in die kürzeste Reihe, weil ich möchte, dass alle Wagenreihen gleich lang sind. Das ist meine Macke.

Beim Treppensteigen zähle ich die Stufen, aber nur aufwärts. Zwischendurch bleibe ich stehen und schau aus dem Fenster. Gehe ich hinunter, zähle ich nicht. Das geschieht unbewusst und ich weiss nicht warum. Vielleicht liegt es daran, dass wir unterschiedliche Treppen haben, mit 7 Stufen und mit 8 Stufen. Na gut, das ist eine harmlose Macke.

Prominte haben auch Macken und Marotten. Aber meistens sind es nur Staralllüren, Damit stehen sie im Mittelpunkt und die Medien berichten über sie. Für einen Promi gibt es nichts Schlimmeres, als vergessen zu werden. Wenn die Boulevardpresse oder das Fernsehen nicht mehr über ihn berichtet, ist er praktisch schon tot.

25. Der Tollpatsch
Wer das Pech sucht
stolpert im Grase,
fällt auf den Rücken
und bricht sich die Nase

Neulich las ich über tollpatschige Menschen. Sie stolpern auf dem ebenen Boden, haben ständig blaue Flecken, kämpfen mit Glastüren und blamieren sich überall. Es ist erstaunlich, wie ungeschickt sich manche verhalten. Steckt dahinter eine Absicht oder sind sie tatsächlich so tollpatschig?

Dann überlegte ich, was mir dauernd passiert und kam zu dem Schluss, ich bin auch ein Tollpatsch. Es vergeht keine Woche, in der ich mir nicht den großen Zeh am Bettpfosten stoße. Die Schmerzen sind gewaltig.

Laufe ich durch die offene Tür bleibe ich oft am Türrahmen hängen. Bin ich etwa breiter geworden? Wenn ich morgens meine Arme ansehe, sind links und rechts Kratzer. Die hole ich mir wohl nachts, wenn ich irgendwo hängen bleibe. Neben meiner Küchenspüle ist die Dunstabzugshaube. Dagegen knalle ich regelmäßig mit dem Schädel.

Ständig fallen mir Dinge herunter. Sind es Tabletten, finde ich sie nicht mehr. Manchmal fällt mir auch das Messer runter. Bisher hatte ich Glück und es blieb nicht im Fuß stecken. Aber wenn ich es aufhebe knalle ich mit dem Kopf an die Tischplatte.

Wenn mir Münzen runterfallen rollen sie ganz nach hinten unter die Eckbank. Ich lasse sie einfach liegen. Dort muss inzwischen ein kleines Vermögen liegen. Manchmal vergesse ich, wo ich die Lesebrille hingelegt habe, oder ein Buch, oder die Schlüssel.

In der Fußgängerzone stolpere ich über Werbetafeln, Sitzbänke oder abgestellte Fahrräder. Manchmal remple ich auch Menschen an, unabsichtlich natürlich. Täglich sage ich mindestens zehnmal die schwäbische Entschuldigung (Hobbla).

Kaffee-to-go kaufe ich schon gar nicht mehr. Erstens ist er zu teuer und zweitens landet er sicher auf meiner Hose. Wenn ich vor einer Tür stehe, auf der Ziehen steht, drücke ich dagegen. Steht dagegen Drücken auf der Tür, ziehe ich wie verrückt.

Manchmal stolpere ich auch auf der Treppe. Bisher ging das noch gut aus. Ganz schlimm ist es am Computer. Wenn ich Geschichten für ein neues Buch schreibe habe ich in jeder Geschichte bis zu 30 Tippfehler. Meine Finger berühren einfach die falschen Tasten. Die Löschtaste (Entf) ist schon ganz abgegriffen und kaum noch lesbar. Irgendwie stimmt meine Hand-Augen-Koordination nicht.

Schon als Junge bin ich oft mit dem Fahrrad gestürzt. Zuerst sah ich mich um, ob mich jemand gesehen hat. Das wäre das Schlimmste gewesen. Dann sah ich nach dem Rad, ob es beschädigt ist. Und erst zum Schluß sah ich nach Verletzungen an meinem Körper. Meistens spürte ich die auch schon.

Im neuen Kaufland war gleich nach dem Eingang eine riesige Obstabteilung. Das Regal war scheinbar endlos lang. Ich ging den Gang entlang, immer weiter. Das Regal schien nicht aufzuhören. Dann knallte ich mit dem Schädel gegen einen Spiegel und sah nur noch Sterne. Inzwischen weiß ich, dass in den Märkten Spiegel eingebaut wurden, die einem ein größeres Angebot vorgaukeln.

Bei meinem Arzt im Haus ist ein Fahrstuhl. Das ist gut, denn die Praxis ist im 4. Obergeschoß. Als ich zum ersten Mal den Fahrstuhl betrat wollte ich gleich nach Hinten durchgehen und knallte voll gegen den Spiegel. Tatsächlich ist die Kabine nur einen Quadratmeter groß, aber weil die Rückwand verspiegelt ist erscheint sie doppelt so groß.

Inzwischen wurde auch noch eine neue Elektronik eingebaut. Nun spricht der Fahrstuhl mit mir. Er sagt mit einer lieblichen Frauenstimme zum Beispiel: *Tür öffnet.* Oder: *Tür schließt.* Habe ich mein Ziel erreicht sagt die Dame: *4. Obergeschoß, Tür öffnet.* Das ist wohl für die Blöden, sonst merken sie nicht, wenn die Tür offen ist. Aber entschuldigt hat sich der Fahrstuhl bisher nicht, wenn ich mal wieder gegen den Spiegel gedonnert bin. Da ist noch Handlungsbedarf.

Was ist nur mit mir los? Liegt es an den Augen? Ich ging zum Augenarzt und ließ mich untersuchen. Er meinte: *Alles in Ordnung, sie sind immer noch blind wie ein Maulwurf.*

Dann ging ich zum Facharzt und schilderte mein Problem. Er sah mich lange an, dann stellte er seine Diagnose: *Sie sind nicht krank, sie sind einfach nur ein Tollpatsch.*

Ich bin also ein Tollpatsch? Ich denke schon, es gibt keine andere Erklärung. In

Bayern würde man sagen: *Tappschädel*. In dieser Geschichte musste ich auf nur zwei Seiten schon wieder 12 Tippfehler korrigieren.

26. Gute alte Zeit
Wir loben die gute alte Zeit,
leben aber gerne Heut.

Wenn Ältere von der guten alten Zeit reden, welche meinen sie dann? Die Zeit vor dem zweiten Weltkrieg, die Zeit nach dem Krieg oder die Zeit vor dem Mauerfall?

Vor dem Zweiten Weltkrieg gingen noch alle zu Fuß zur Arbeit. Busse gab es noch nicht. Manche waren Stunden unterwegs. Nach der Arbeit ging es auch wieder zu Fuß nach Hause. Was war daran gut?

Es gab auch keine Urlaubstage. Es hieß nur arbeiten, arbeiten, arbeiten. Was war daran gut? Es gab kein elektrisches Licht, kein Radio und kein Fernsehen. Was war daran gut?

Zähne wurden noch ohne Betäubung gezogen. Spritzen gab es noch nicht. Was war daran gut? In der Wohnung gab es keine Toilette. Unter dem Bett stand griffbereit der Nachttopf. War das gut? Die Rente reichte kaum für das Essen und das Leben war Erbärmlich. Was war daran gut?

Nach dem zweiten Weltkrieg war überhaupt nichts gut. Ich hatte zusammen mit drei Brüdern ein kleines Zimmer. Im zweiten Zimmer war die Mutter mit meinen zwei Schwestern. Im dritten Zimmer wohnten Großvater und Großmutter. Im vierten Zimmer war mein Onkel mit Frau und zwei Kindern. Die Küche wurde gemeinsam benutzt. Die Toilette war im Treppenhaus. Heute würde man sagen: *Menschenunwürdig.*

Im Winter gab es nur einen Ofen im Wohnzimmer. Unser Schlafzimmer war nicht beheizt. Oft hatten wir 20 Grad minus. Dann bildeten sich auf dem Fenster nicht nur Eisblumen sondern dicke Eispanzer. Aber wir haben alle überlebt. Heute würde man sagen: *Inhuman.*

Zum waschen gab es nur kaltes Wasser. Gewaschen haben wir uns in der Küchenspüle. Badezimmer gab es noch nicht.

Wir hatten nie genug zu essen und wenig zum Anziehen. In die Volksschule gingen wir im Sommer barfuß, andere natürlich auch.

In der Schule gab es normale Schüler und A-Schüler. Das A stand für arm. Zu dieser

Gruppe gehörte auch ich. A-Schüler bekamen nur gebrauchte Schulbücher. Diese mussten wir sorgfältig behandeln, denn im nächsten Jahr gingen sie an die nächsten A-Schüler.

Neue Schulhefte zum Schulanfang gab es auch nicht. Die Mutter schnitt die übriggebliebenen unbeschriebenen Blätter aus den alten Heften heraus und nähte sie seitlich zusammen. Dann versah sie das Heft mit einem neuen Umschlag.

Würde man dieses A heute wieder einführen, könnte es auch Ausländer bedeuten.

Waschmaschinen gab es auch noch nicht. Im Keller war eine Waschküche und dort war ein Waschkessel eingemauert. Alle vier Wochen war Waschtag. Immer am Samstag. Da sich in vier Wochen ein großer Haufen Wäsche ansammelte hatte die Mutter den ganzen Tag viel zu tun. Wir Kinder mussten natürlich auch mithelfen. Man hätte auch öfter waschen können, aber das anheizen des Kessels dauerte ziemlich lange und war kostspielig.

Wenn die Wäsche am Abend endlich fertig war kamen wir Kinder an die Reihe. Jeder wurde im Waschkessel gebadet und das streng nach dem Alter. Ich war der Jüngste und kam erst am Schluß in die Waschlauge.

Ich musste also ausbaden. Angenehm war das nicht.

Meine Bekleidung war auch sehr Bescheiden. Ich hatte zwei Hosen, eine für den Werktag und eine für den Sonntag. Dazu einen Pullover, Kniestrümpfe und dreimal Unterwäsche. Zwei Paar Schuhe und eine Jacke.

Die Schuhe waren aber nicht neu. Sie waren von meinen größeren Brüdern und wurden lediglich vom Schuhmacher neu besohlt und genagelt.

Als ich in die Schule kam hatte ich sogar eine kurze Lederhose. Dafür wurde ich von den anderen Schülern gehänselt. Heute würde man es Mobbing nennen.

Die Erziehung war sehr streng. In der Schule waren körperliche Strafen üblich. Ich spüre sie heute noch, die Schläge auf die Hand, auf den Hintern und auf die Wange. Dabei war ich ein braver Schüler. Andere waren da schon über dran. Unsere Lehrer waren ehemalige Offiziere aus dem zweiten Weltkrieg. Manchmal verwechselten sie die Schüler mit Soldaten und das Klassenzimmer mit dem Kasernenhof. Heute würden diese Lehrer alle in den Knast kommen.

Selbst unser Pfarrer (zwei Meter groß), der sich Seelsorger nannte, verabreichte beim Konfirmandenunterricht Schläge. Er hielt mit einer Hand den Kopf fest, mit der anderen holte er weit aus (ein Heumacher) und verabreichte eine Watsch'n, dass es fast den Kopf abriss. Dabei machte er zwischen Jungen und Mädchen keinen Unterschied. Heute hätte jeder Schüler ein Schleudertrauma. Aber das Wort gab es damals noch nicht. Wenn es ein Pfarrer mal übertrieben hatte, wurde er in eine andere Pfarrstelle versetzt und nicht eingesperrt. Das war auch mit der Grund, warum ich später aus der Kirche ausgetreten bin. Wenn ich mir das alles so überlege, dann war das auch nicht die gute alte Zeit.

In China haben sie auch heute noch sehr strenge Erziehungsmethoden. Zum Teil sind sie sogar eigenartig. Nur ein Beispiel:

Ein Schüler hatte seinen Lehrer als Hund beschimpft. Der stellte den kleinen Bösewicht vor die Wahl:

Entweder tausend Fliegen essen,
oder eine Portion Schnecken essen,
oder 100 Schläge vom Lehrer persönlich
oder 1000 Schläge von seinen Kameraden.

Der Schüler entschied sich für die tausend Fliegen. Wo sie die wohl hergenommen haben?

Wie ist es Heute? Kriege in Afghanistan, Syrien, Irak, Libanon, Jemen, Türkei, Ukraine, Maghreb, Ostafrika, Westafrika, Nordafrika, Jordanien, im vorderen Orient, im nahen Osten, in Asien. Wird man in 50 Jahren wieder von der guten alten Zeit reden?

Fazit: die gute alte Zeit hat es nie gegeben.

27. Neger, Neger, Schornsteinfeger
Weißer zum Neger: Du schwarz
Neger zum Weißen: Ich weiß

Diesen Spruch habe ich als Junge immer wieder aufgesagt. Nach dem Krieg waren amerikanische Soldaten in Pforzheim stationiert und ein großer Teil davon war schwarz. Diese Schwarzen waren für uns Neger. Das Wort Nigger kannten wir überhaupt nicht, das kam von den weißen Amerikanern.

Wir wussten auch was Zigeuner und Eskimos sind. Und alle Nichtdeutschen waren Ausländer. Wir sind aufgewachsen mit Mohrenkopf, Zigeunerschnitzel, Negerschweiß und Judenfürzen. Und mit einer typisch schwäbischen Speise: Nonnenfürzle.

Jetzt darf man diese Wörter und noch ein paar andere noch nicht einmal aussprechen. Wo soll das noch hinführen?

Was haben Ottfried Preußler und Astrid Lindgren sich dabei gedacht, als sie in ihren Büchern Wörter wie Zigeuner und Negerlein verwendeten? In den Neuauflagen ihrer Bücher werden diese Wörter nun durch andere ersetzt. Anstatt Negerlein steht nun Messerwerfer da. Darauf wäre nicht einmal ich gekommen.

Auch in Mark Twains Roman Huckleberry Finn werden nun alle Negros und Nigger gestrichen und durch Sklave ersetzt. Dadurch wurde der dicke Wälzer ziemlich schlank.

Bei uns verschwand in den 90ern der Neger aus den Schulbüchern und wurde durch Schwarze oder Farbige ersetzt. Das Wort Krieg steht aber immer noch drin.

Solange die Schwarzen in den USA in den untersten sozialen Schichten sind kann es ihnen egal sein, ob man Neger oder Afroamerikaner zu ihnen sagt. In Südafrika nennen sie die Schwarzen Kaffer. Da regt sich keiner auf.

Wenn heute einem deutschen Politiker das Wort Neger herausrutscht, ist er politisch erledigt und wird von den Kollegen in der Luft zerrissen.

Die nächste Gruppe sind die Zigeuner. Vorübergehend nannte man sie Sinti und Roma. Im Bürokratendeutsch heißen sie nun Mobile ethnische Minderheiten, kurz MEM. Wer soll da noch durchblicken?

Wenn wir vom gelben Sack reden, meinen wir doch auch keinen alten Chinesen. Aber der gelbe Sack ist bestimmt der nächste auf der Liste verbotener Wörter. Kanaken und Japse sind schon drauf.

Der Begriff Obdachlose ist auch nicht mehr korrekt. Auch Wohnsitzlose ist nicht mehr gültig. Nun heißt es Wohnungssuchende. Obwohl das überhaupt nicht zutrifft. Früher sagte man Penner und meinte damit ungepflegte, Besoffene, die bettelnd am Straßenrand sitzen.

In den USA nimmt es ganz neue Formen an. Hier ist es schon verpönt black coffee zu bestellen. Das wurde geändert in coffee without milk. Auch Ghettos gibt es keine mehr. Nun heißt es ökonomisch benachteiligtes Gebiet. Die Gründerväter wurden durch Gründer ersetzt.

Irgendwann wird man uns auch nicht mehr Weiße nennen. Vielleicht Menschen ohne Migrationshintergrund?

28. Hornissen, Wespen und Käfer
Besucher machen immer
Freude. Wenn nicht beim
kommen, dann beim gehen.

Sie schwirren, surren, flattern und krabbeln um uns herum und sind eine echte Plage. Doch so lästig viele Insekten für uns auch sind, für das Gleichgewicht der Natur sind sie sehr wichtig.

Manche Menschen bezeichnen sie als Ungeziefer. Das trifft aber nur auf Schädlinge wie Läuse, Milben oder Mehlkäfer zu. Aber auch Insekten wie Kakerlaken, Ameisen und Mücken sind lästig. Man trifft sie nicht nur im Garten, sondern auch in Keller- und Wohnräumen.

Problematisch werden Insekten dann, wenn sie zu sehr in den Lebensraum der Menschen eindringen. Sie legen ihre Eier in die Nahrungsmittel, saugen nachts unser Blut und fressen unsere teuren Klamotten auf. Obwohl die meisten Insekten harmlos sind, können sie gefährliche Krankheitserreger übertragen.

Kaum wird es wärmer fliegen auch schon die ersten umher. Bald darauf kommen Mücken, Stechfliegen und allerlei Kleintiere hinzu. Deshalb sollte man Insektengitter vor die Fenster montieren. Allerdings ist das kein absoluter Schutz, denn Fruchtfliegen, Motten und andere Tierchen bringen wir oft mit der Einkaufstasche in die Wohnung.

Außerdem gibt es noch andere Möglichkeiten, um in die Wohnung zu gelangen. Zum Beispiel Türschlitze, Abflüsse oder Ritzen. Wenn man Erde aus dem Garten in die Blumenkästen füllt, bringt man alle möglichen Insekten mit ins Haus.

Wenn man Haustiere hat bringt man sie mit dem Futter ins Haus. Im Vogelfutter leben Reiskäfer und Rüsselkäfer. Im Meerschweinchenfutter genauso. Auch Trockenfutter für den Hamster, für die Lieblingsratte oder die Tanzmäuse enthält jede Menge kleiner Käfer. Diese Käfer sind zwar unangenehm aber harmlos. Anders ist es mit Hornissen und Wespen.

Hornissen wollen eigentlich nicht in die Wohnung, denn dort gibt es nichts, was sie gebrauchen könnten. Wenn sie sich aus Versehen in die Wohnung verirren, verdursten sie nach wenigen Stunden.

Im Gegensatz zu den Wespen sind Hornissen auch nachts unterwegs und werden vom Licht angezogen. Gegenüber von meiner Wohnung sind noch kleine Gärten mit Holzschuppen. Dort muss ein Hornissennest sein. Wenn ich abends lüfte, dauert es nicht lange und eine Hornisse besucht mich. Da meine Wohnung auf dieser Seite die einzige mit Licht ist, werden die Viecher magisch angezogen.

Hornissen gelten als harmlos und greifen Menschen nicht an. Das hat mich ungemein beruhigt. Das Biest schwirrte kreuz und quer durch die Wohnung, brummte laut und wurde immer narrischer. Ich ließ extra das große Fenster offen, aber sie fand den Ausgang nicht. Solange das Biest im Zimmer herumflog, konnte ich nicht schlafen gehen. Also musste ich mir etwas einfallen lassen. Töten kam nicht in Frage, da Hornissen geschützte Insekten sind. Ich nahm meinen Wasserzerstäuber, den ich sonst für die Zimmerpflanzen brauchte und wartete, bis sich die Hornisse irgendwo hinsetzte. Dann sprühte ich sie kurz an. Sie brummte mich wütend an, konnte aber mit nassen Flügeln nicht mehr fliegen. Nun nahm ich meinen Spider-Catcher, der eigentlich für Spinnen gedacht war und sammelte die Hornisse damit auf. Dann legte ich sie vor das Fenster und machte alles dicht. Sobald die Flügel trocken waren, trat sie die Heimreise an.

In den nächsten Tagen wurde ich abends immer wieder von Hornissen besucht. Inzwischen wusste ich ja, wie ich sie gefahrlos fangen konnte. Aber auf Dauer war das keine Lösung. Also kaufte ich ein Fliegennetz und montierte es vor das Fenster. Das dauerte eine halbe Stunde und von nun an blieb ich von Hornissen und später auch von Wespen verschont.

Auch die kleinen Fliegen, die sonst an der Wand hinter der Wohnzimmerlampe ihre Kreise ziehen, waren nun verschwunden.

Viel gefährlicher als Hornissen sind die Wespen. Wenn man nach ihnen schlägt, greifen sie an. Und das nicht nur einmal, sondern immer wieder. Vor Wespen habe ich mehr Respekt.

Gerade im Sommer bin ich täglich im Freibad. Dort wimmelt es von Wespen. Besonders von bunten Badetüchern werden sie angelockt. Am schlimmsten ist die Farbe Gelb. Auf keinen Fall ein gelbes Handtuch oder Badetuch verwenden. Auch eine gelbe Badehose ist nicht zu empfehlen.

Setzt sich mal eine Wespe auf den Arm, auf keinen Fall wegpusten. Im Atem ist Kohlendioxid enthalten und das gilt im Wespennest als Alarmsignal. Man darf sich also nicht wundern, wenn die Wespe dann erst recht angreift.

Ist irgendwo auf der Liegewiese ein Wespennest dann unbedingt mindestens drei Meter Abstand halten und nicht in die Flugbahn stellen. Sonst fühlen sich die Wespen bedroht und dann greift nicht eine an, sondern eine ganze Menge. Da hilft dann nur die Flucht.

29. Unser Haus jammert
Eine Frage raubt mir den Verstand. Bin ich verrückt, oder sind es alle anderen.

Von meiner Jugend bin ich ja seltsame Geräusche gewohnt. Unsere Wohnung war im dritten Stock, darüber war der Dachboden. Das Haus hatte ein Spitzdach und darunter war ein großer Hohlraum. Früher baute man so, damit im Winter der Schnee herabrutschen konnte.

In dem Haus war noch viel Holz verbaut. Auch die Böden waren aus Holz. Und die Treppe zum dritten Stock und weiter zum Dachboden war auch aus Holz.

Holz arbeitet. Im Winter zieht es sich in der Kälte zusammen und im Sommer dehnt es sich in der Hitze aus. Dabei entstehen Spannungen und seltsame Geräusche. Besonders in der Nacht, wenn es abkühlte hörte man das Haus ächzen und stöhnen als wäre es lebendig.

Wir Kinder verstanden noch nichts von Physik und fürchteten uns vor diesen Geräuschen. Niemand erklärte uns, woher die Geräusche kamen.

Auf dem Dachboden war kein Licht und überall waren Balken und Stützpfeiler und dahinter Ecken und Winkel im Dunkeln. Wenn ich auf den Dachboden geschickt wurde, um Holz zu holen, hatte ich schon die Hosen voll. Da war zwar eine kleine Dachluke, aber da kam nur wenig Licht herein. Taschenlampen gab es auch noch nicht. Im Keller war es noch schlimmer. Natürlich war da auch kein Licht. Das kleine Fenster zur Außenwelt war zugewachsen und ließ kein Licht mehr durch. Der festgestampfte Boden war schwarz vom Kohlenstaub. Da unten war es wirklich dunkel wie in einem Kohlenkeller. Und da musste ich runter und Kohlen oder Briketts holen.

Die seltsamen Geräusche und die Dunkelheit führten dazu, dass wir Kinder in ständiger Angst aufwuchsen. Den Begriff traumatisiert kannten wir noch nicht.

Als ich vor 18 Jahren meine Wohnung in einem Neubau bezog, dachte ich, nun hört man nachts keine Geräusche mehr. Ich Ahnungsloser. Natürlich war in dem Haus kein Holz mehr verbaut. Es gab auch keinen Dachboden. Aber im Heizungsraum war die Zentralheizung und die machte auch seltsame Geräusche. Auch die Rohrleitungen innerhalb des Gebäudes gaben Töne von sich. Und im Zimmer selbst waren Elektrogeräte, die nach Gebrauch abkühlten und in der Nacht auf sich aufmerksam machten.

Es knisterte, klopfte und schepperte, manchmal bis zum Morgen. Ich musste an meine Jugend denken und an die Geräusche, die mich nicht schlafen ließen. Aber das war nichts gegen diese seltsamen Geräusche, die ich nun in dem Neubau hörte.

Ob das alles an der Technik liegt, oder ob tatsächlich ein Poltergeist im Haus wohnt, ich weiß es nicht. Aber umziehen werde ich nicht mehr. Wer weiß, ob das nächste Haus nicht noch mehr stöhnt und jammert.

30. Man spricht deutsch
Jeder macht was er will,
keiner macht was er soll,
aber alle machen mit.

Es war ein ganz normaler Tag, dachte ich, als ich aus dem Haus ging. Und schon fing es an. Ein Nachbar wollte mit dem Auto wegfahren, aber die Ausfahrt wurde von einem Moped blockiert. Er rief über die Straße:

Wem ist die Mopped? Vom Balkon herunter kam die Antwort: *Ich.*

Nun ging ich weiter und sah die kleine Nachbarstochter im Hof spielen. Da rief die Mutter aus dem Küchenfenster: *Komm jetzt rein Tschennifer, sonst knallt's.*

Ich war gerade beim nächsten Haus, brüllte eine Mutter vom Balkon zu ihrer kleinen Tochter: *Schantalle, geh nicht bei die Assis.*

Immerhin war es schon das dritte Haus, in dem Deutsch gesprochen wurde. Dann kam ich am Spielplatz vorbei und hörte die nächste Mutter schreien: *Torby, komm sofort aus dem Matsch, du Drecksau.*

Ich musste mich schon wundern, Kindererziehung hatte ich aus meiner Jugend ganz anders in Erinnerung.

Ohne weitere Zwischenfälle erreichte ich die Bushaltestelle. Der Bus war schon abfahrbereit und ich gab dem Fahrer ein Zeichen, dass ich noch mitfahren wollte. Es geschehen noch Wunder, er wartete tatsächlich auf mich. Ich war so überrascht, dass ich fast vergass, einzusteigen.

Ein Jugendlicher, der an der Hauswand lehnte, pöbelte mich an: *Gehste Bus, Opa?*

Und der Typ soll mal für meine Rente arbeiten?

Der Fahrer schloss die Türen und wollte gerade abfahren. Da kamen drei Mädels angerannt und eine schrie: *Ey, Hurensohn, mach die Tür auf.* Der Fahrer schaute aus dem Fenster, ob die Straße frei ist und rief zurück: *Lauft doch zu Fuß ihr Schlampen.* Innerlich gab ich ihm recht.

Ich fand sogar einen freien Sitzplatz und schaute mich um. Auf dem Boden lagen Bonbonpapierchen, zwischen den Sitzen steckten gebrauchte Taschentücher und andere undefinierbare Gegenstände. Auf meiner Seite war eine zerquetschte Coladose und auf dem Boden rollte eine leere Bierflasche hin und her. Die Scheiben waren zerkratzt. die Sitzlehnen aufgeschlitzt und angekokelt und die Haltegriffe abgerissen. Überall klebten Kaugummis. Sogar die Notfallhämmer an den Scheiben waren geklaut worden.

Ich hatte die Busse aus meiner Jugend noch ganz anders in Erinnerung. Waren da Hooligans im Bus gewesen? Nein, es waren ganz normale Schüler.

Wer behauptet, es sei nicht so, soll mal seine rosa Brille absetzen und morgens vor

Schulbeginn oder mittags nach Schulschluß mit dem Bus fahren. Heute war es eine ganz normale Busfahrt, ohne besondere Vorkommnisse.

Endlich erreichte ich mein Ziel, ALDI Süd. Kaum hatte ich die Filiale betreten hörte ich auch schon eine genervte Mutter schreien: *Schakklin, komm wech von die Regale, du Arsch.*

Meinen Einkauf hatte ich schnell erledigt und ging zur Kasse. Eine Mutter war gerade bei der Quengelware angekommen und herrschte ihre Tochter an: *Merididd, du blede Schlomp, lass das Kinneer-Ei ligge, sonscht geebts uf die Gosch.*

Nun fragte ich mich schon, ob die vielen Einwanderer nicht doch eine Bereicherung für unser Land sind.

31. Die neue Hose
Dreimal abgeschnitten
und immer noch zu kurz.

Mir ist aufgefallen, dass ich immer dieselben drei Jeanshosen anziehe. Ich brauchte mal wieder eine andere Hose. Vielleicht in oliv, die Farbe gefällt mir gut. Meine alten

Hosen sind zwar zeitlos, aber sie passen einfach nicht mehr.

Ich ging also in die Innenstadt. Zur Auswahl hatte ich Kaufhof und C&A. Ich entschied mich für Kaufhof. Pünktlich um 9.00 Uhr stand ich am Samstag vor dem Hosenladen. Aber Kaufhof öffnete erst um 9.30 Uhr. Also doch zum C&A? Es waren ja nur 50 Meter. Aber auch dort war noch zu. Warum öffnen die Geschäfte morgens erst um 9.30? Manche sogar erst um 10.00 Uhr? Dafür haben sie bis 20.00 Uhr abends geöffnet. Kommt da überhaupt noch jemand?

Also ging ich wieder zurück, inzwischen hatten die geöffnet. Vor dem Kaufhaus war nun ein Stand aufgebaut. Da lief eine Werbeaktion für einen neuen Fruchtsaft. Kleine weiße Plastikbecher mit dem gelben Saft wurden kostenlos verteilt. Schon bald eilte jeder mit einem Becher durch die Fußgängerzone. Es sah aus, als hätten alle Urinproben dabei, das war echt bescheuert. Ich trank den Saft gleich am Stand und warf den Becher weg.

Ich betrat das Erdgeschoss und sah mich nach einer Verkäuferin um. Ich wollte nur nach der Hosenabteilung fragen. Eine versteckte sich schnell hinter einem Regal, als sie mich sah. Eine andere stand abseits. Als ich mich ihr näherte, drehte sie sich um und zeigte mir ihren Rücken.

Nun wurde es mir zu dumm und ich fragte einfach eine andere Kundin nach der Hosenabteilung. Die Dame war sehr nett und schickte mich in das 3. Obergeschoss.

Neben der Rolltreppe war ein Stand mit Billiguhren aufgebaut. Ich interessierte mich für eine Taschenuhr und blieb vor dem Stand stehen. Schon beugte sich eine Dame über meine Schulter um zu sehen, was es da wohl gibt. Ich blieb stur und machte ihr keinen Platz. Sie schaute mich eisig an und ging um mich herum, dabei rempelte sie mich so heftig an, dass ich fast in die Auslage mit den Uhren gefallen wäre.

Als ich die Hosenabteilung betrat war auch dort keine Verkäuferin zu sehen, die ich etwas fragen konnte. Wo waren die denn alle?

Da ich etwas untersetzt bin brauche ich bei Hosen Größe 25 und danach suchte ich vergebens. Alle Größen waren in Inch angegeben. Ein Inch = 2,54 cm. Wie soll ich das umrechnen? Mein Taschenrechner ist zu Hause. Da entdeckte ich an der Wand eine Tabelle, die mir das rechnen ersparte. Meine Größe 25 fand ich unter Inch 36/30. Die nächste Größe, also 26 wäre dann 38/32.

Nun begann ich zu suchen. Ich fand alle möglichen Größen, für Riesen und Zwerge, aber keine 36/30. Ich wollte schon wieder gehen, da dachte ich, probier doch einfach mal einige Hosen an. Ich nahm drei, von denen ich hoffte, dass sie passten und ging zur Umkleide. Ich schaute nach oben. Da war etwas Rundes. Das war keine Lampe. Das war sicher eine Kamera und ich wurde beobachtet.

Kaum stand ich in der Unterhose da, öffnete sich der Vorhang, eine Verkäuferin schaute herein und fragte: *Sind sie schon fertig?* Das wiederholte sich alle 30 Sekunden und sie fragte jedesmal dasselbe. Deshalb tragen sie auch Namensschilder, weil sie sonst nicht mehr wissen, wie sie heißen.

Bei der ersten Hose war der Bund zu weit, das sah unmöglich aus. Bei der zweiten waren die Beine zu lang. Die dritte war zu eng. Ich fand keine, die auch nur annähernd passte. Entweder hatten die falsche Hosen eingekauft, oder es lag an meiner Figur. Ich verließ das Kaufhaus ohne Hose.

Warum ist das heute so kompliziert? Früher nahm ich eine Hose von der Stange und sie passte. Ich konnte sogar die Farbe wählen. Heute wäre mir sogar die Farbe egal, wenn ich nur eine fände, die mir passt.

Ich wollte eigentlich nicht über das Internet Hosen kaufen, weil ich nicht gerne etwas zurückschicke. Aber einmal wollte ich es doch versuchen.

Ich ließ mir eine preiswerte Jeans schicken. Die Hose passte, aber die Beine waren 20 cm zu lang. Ich schnitt mit der Schere an jedem Bein ein Stück ab. Jetzt war sie zu kurz und ich hatte Hochwasser, wie man es früher nannte. Damit konnte ich nicht herumlaufen. Jetzt hängt sie im Schrank.

Im Sommer bin ich jeden Tag im Freibad und mit den Badehosen habe ich kein Problem. Die passen immer.

Als ich das Kaufhaus verließ kam mir ein frei laufender Rottweiler entgegen. Vor jedem Hund, der größer ist als ein Meerschweinchen, habe ich Respekt. Aber vor einem Rottweiler habe ich seit meiner Kindheit Angst. Zwanzig Meter hinter dem Hund schlenderte lässig sein Herrchen. Die Hundeleine hatte er um den Hals gehängt. Da gehört sie auch hin. Nach einigen Metern drehte ich mich um. Der Rottweiler hatte nun schon 40

Meter Vorsprung. Und das in der Fußgängerzone.

Als ich weiterging kam mir unser Oberbürgermeister entgegen. Keiner beachtete ihn. Wahrscheinlich erkannte ihn auch keiner. Ich grüßte ihn freundlich: *Hallo, Herr Oberbürgermeister*. Sein Gesicht verklärte sich und er ging weiter. Diesen Tag hat er sich bestimmt im Kalender rot angestrichen.

Ich habe schon viele Hosen anprobiert, aber auf Anhieb passte keine. Entweder sind die Beine zu lang, oder der Bund zu eng. Wenn ich mal eine Hose finde, die sofort passt, passiert das nur im Traum.

Dabei habe ich keine besonderen Anforderungen an die Farbe. Grau oder braun, oliv oder sonst was, ist mir egal. Die Hose muss nur den Bauch verstecken und eine perfekte Körperform vortäuschen.

Gut wäre auch, wenn die Socken gleich mit eingearbeitet sind. Socken anziehen ist inzwischen zu einem Problem geworden, nicht nur bei mir.

Taschen muss die Hose auch haben, viele Taschen. Wie beim Militär, vorne, hinten, an den Oberschenkeln und Unterschenkeln.

Hinten sollte ein Airbag eingebaut sein, wenn ich mal auf den Hintern falle. Unsichtbare Hosenträger wären auch nicht schlecht und der Hosenstall muss sich automatisch schließen. Wer solch eine Hose entdeckt, bitte melde dich.

32. Nie mehr all inclusive
Wenn du nach Fehlern suchst,
benutze einen Spiegel
und kein Fernglas.

Obwohl ich nicht mehr verreisen wollte, habe ich es noch einmal getan. Inzwischen wird überall all inclusive angeboten, das erschien mir am einfachsten. Da brauche ich mich um nichts zu kümmern. Selten habe ich mich so geirrt.

Schon beim einchecken ins Hotel fing es an. An der Rezeption wurde ich erstmal wie Schlachtvieh gekennzeichnet. Allerdings bekam ich den Marker nichts ins Ohr geknipst, sondern wurde durch ein Plastikarmband quasi ans Hotel gefesselt.

Nachts konnte ich nicht schlafen, weil die Plastik-Handschelle verrutschte und die Blutzufuhr abschnürte. Außerdem verdrehte sich der scharfkantige Verschluss und beim Duschen kratzte ich mich überall damit. Leider gibt es noch keine billigere Möglichkeit, die all-inclusive-Gäste zu brandmarken.

Für einen Aufpreis hätte ich auch das Ultra-All-Inclusive bekommen können. Ich bekäme ein andersfarbiges Bändchen, mit dem ich in spezielle VIP-Bereiche darf. Dort bekomme ich Marken-Alkohol, nicht den billigen Fusel, den der Pöbel saufen muss. Da ich keinen Alkohol trinke, verzichtete ich darauf.

Schon am ersten Abend kam es zur Schlacht am Buffet. Vor dem Restaurant wartete schon eine Meute und scharrte mit den Hufen. Na klar, es war Fütterungszeit. Als hätten sie nicht schon den ganzen Tag über genug zu fressen bekommen. Frühstück von 7.00 bis 11.00 Uhr. Snacks von 11.00 bis 12.30 Uhr. Mittagessen von 12.30 bis 15.00 Uhr. Kuchen und Snacks von 15.00 bis 17.00 Uhr. Dann ist eine Stunde Pause. Diese Stunde zehrt an den Nerven der halbverhungerten Gäste. Von 18.00 bis 22.00 Uhr kam es dann zur Schlacht am Buffet.

Was nun passierte, muss man einfach mal erlebt haben. Egal, welche Nationen am Werk sind, es gibt keinen Unterschied. Die Teller wurden so überladen, dass das keiner alleine essen konnte. Bis sie alles zusammen hatten und zu ihrem Tisch kamen, war das Zeug schon kalt. Beim Abräumen waren viele Teller noch genauso voll und das Personal schüttelte nur den Kopf. Ich auch.

Kaum saßen die Gäste beim Essen, hatten sich manche Paare nichts mehr zu sagen. Zuhause ist es einfacher, da läuft während dem Essen die Glotze und erspart peinliche und schweigsame Momente.

Zum Abendessen gab es einen furztrockenen Hauswein aus dem 5-Liter-Tetra-Pack, oder das schale Bier vom Fass, ganz ohne Schaumkrone. Dazu diese seltsamen Cocktails. Irgendwelche Säfte wurden mit viel Eis und billigem Schnaps in den Mixer gekippt und verrührt. Dann wurde es in Pappbechern serviert. Diese schlecht nachgemachten Cocktails bestehen vorwiegend aus Methylalkohol. Deshalb erlebt mancher seinen Urlaub auch nur im Tran. Es sei denn, er hat das andere Armbändchen und wird von dem besseren Zeug besoffen.

Vor dem Schlafengehen wollte ich noch etwas im TV zappen und vielleicht einen Film ansehen. Im Hotel gab es tolle Flachfernseher mit vielen Kanälen, aber nur in der Landessprache. Das verhinderte schon, dass ich im Urlaub die ganze Zeit vor der Glotze hing.

Da ich die ganze Zeit über nüchtern blieb konnte ich die anderen Gäste beobachten. Da gibt es die seltsamsten Typen. Einer von denen war ein richtiger Miesmacher. Er hatte überall etwas auszusetzen. Egal ob es das Zimmer, das Restaurant, der Strand oder die anderen Gäste waren. Er war dabei, mir mit seiner Nörgelei den Urlaub zu verderben. Natürlich war er ein Deutscher.

Ein anderer stellte sich als Besserwisser heraus. Er wusste alles über das Urlaubsland und über die Einheimischen. Mit seinem Gerede ging er mir auf die Nerven, besonders als ich herausfand, dass er eigentlich keine Ahnung hatte.

Einmal bin ich um 5 Uhr morgens an den Pool geschlichen, um mir die beste Liege mit einem Handtuch zu sichern. Da musste ich feststellen, dass schon einer vor mir dagewesen war. Der muss ja schon um 3 Uhr aufgestanden sein.

Selbst tagsüber am Strand hatte ich keine Ruhe. Links und rechts waren Dauertelefonierer, die mit lauter Stimme ihre wichtigen Gespräche führten. Die gingen mir ganz schön auf die Nerven.

Inzwischen gibt es auch eine Rangliste der unbeliebtesten Urlauber. Die Unbeliebtesten sind ganz klar die Russen, dann folgen die Briten und die Polen. Also unsere alten Feinde. Aber schon an vierter Stelle stehen wir Deutschen. Und ich dachte, wir sind überall beliebt? Am liebsten sieht man Schweizer und Österreicher. Bei den Schweizern kann ich das noch verstehen, aber die Österreicher?

Dies war mein erster und letzter All-Inclusive-Urlaub. Als ich wieder daheim war informierte ich mich über das Phänomen all-inclusive. Das hätte ich besser vor meiner Reise getan.

All-inclusive wird von Hotels sehr unterschiedlich interpretiert. Es schließt alle Mahlzeiten und ortsüblichen alkoholischen und alkoholfreien Getränke ein. Importierte Getränke, wie die meisten Weine und Spirituosen müssen in den meisten Fällen extra bezahlt werden.

Inzwischen gibt es auch schon all-inclusive-soft (ohne Alkohol) und all-inclusive-premium (für Familien). In Reiseunterlagen wird all-inclusive oft abgekürzt mit AI. Aber es ist nicht überall gleich.

Viele Urlauber meinen auch, neben dem Essen und Trinken, den ganzen Tag die übrigen Hotelleistungen in Anspruch nehmen zu können. Sportarten wie Tennis, Tauchen oder Reiten sind zwar im Preis inbegriffen, aber zeitlich begrenzt auf 1 Stunde pro Tag oder 1 Tag pro Aufenthalt.

Nicht immer sind Liegen und Sonnenschirme im Preis inbegriffen. Muss man diese extra bezahlen können zwei Wochen am Strand schon teuer werden.

Deshalb muss man den Reiseprospekt vor der Reise genau durchlesen. Aber etwas lesen und etwas verstehen, sind nicht dasselbe. Wenn sie diese Geschichte gelesen haben und trotzdem all-inclusive buchen, sind sie selbst schuld.

33. Eyjafjallajökull
Unter einer Fichtenwurzel
hört ich einen Wichtel furzen.

Ich kann mich noch an den Ausbruch des Vulkans Eyjafjallajökull vor einigen Jahren erinnern. Schon damals konnte ich den Namen nicht aussprechen, obwohl ich es immer wieder versuchte. Die Nachrichtensprecher taten mir leid. Als sie es mit Logopäden endlich halbwegs fertigbrachten den Namen auszusprechen hörte der Vulkan auf, Asche auszuspucken. Hoffentlich habe ich ihn richtig geschrieben. Wie sieht wohl ein isländisches Diktat in der Schule aus?

Über kein Thema wurde unter den Menschen so wenig geredet, weil sich keiner mit der Aussprache des Namens blamieren wollte.

Island wäre längst wieder vergessen, wäre nicht die EM im Fußball. Dies war der Anlass, mich etwas mehr mit Island zu beschäftigen.

Mit den Namen möchte ich anfangen. In Island haben alle unterschiedliche Nachnamen. Das weitergeben von Namen ist anders als bei uns. Beispiel: Ein Mann heißt Sigurd und will seinen Olaf nennen. Dieser heißt dann Olaf Sigurdson (Sohn von Sigurd). Bei der Tochter die Sigrid heißen soll, wäre der Name Sigrid Sigurdsdottir (Tochter von Sigurd). Bei Männern wird also son angehängt und bei Frauen dottir.

Bis jetzt war es noch überschaubar. Heiratet eine Frau behält sie ihren Nachnamen. Söhne und Töchter bekommen den Vornamen des Vaters. So langsam wird es unübersichtlich.

Da Familiennamen in Island eine zweitrangige Bedeutung haben und es keine eigentlichen Familiennamen gibt, wurde das isländischen Telefonbuch deshalb auch alphabetisch nach den Vornamen sortiert.

Viele Isländer können ihren Stammbaum über 1000 Jahre zurückverfolgen. Das ist kein Hobby, sondern für zukünftige Paare wichtig. Sollte sich ein Paar nicht sicher sein, ob sie miteinander verwandt sind, gibt es eine App die hilft, den Verwandschaftsgrad zu bestimmen. Schließlich möchten man Inzest vermeiden.

Deshalb sind europäische Männer auf der Insel gerne gesehen und es gibt viele Isländerinnen, die gerne ein Kind von einem Ausländer empfangen würden. Eine Heirat ist dafür nicht unbedingt notwendig. Übrigens isländische Frauen sind groß und haben kräftige Figuren. Die Walküren in der nordischen Mytholgie waren bestimmt Isländerinnen.

Isländer glauben auch an Elfe und Trolle. Wenn irgendwo neu gebaut wird, muss vorher ein Gutachten gemacht werden, das ausschließt, dass durch den Bau Elfen-Behausungen zerstört werden. Selbst beim Straßenbau macht man Umwege, um die Existenz der kleinen Menschen nicht zu stören.

Einige Dinge, die wir gewohnt sind, gibt es hier nicht. Es gibt keine Autobahnen und keine Züge, das ist nicht gut. Aber es gibt auch keine McDonald's oder Burger-King-Filialen auf der Insel, das ist gut.

Bis 1989 war Bier mit mehr als 2,25% Alkohol auf der Insel verboten. Seit dem 1. März 1989 ist nun auch stärkeres Bier erlaubt. Deshalb feiern die Isländer an diesem Datum den Tag des Bieres.

Und noch etwas: Island hat nur etwa 334.000 Einwohner, aber über 500.000 Schafe. Aber was die Lebenserwartung angeht da liegen sie ganz weit vorn. Nach den Japanern haben Isländer die höchste Lebenserwartung.

Aufgrund der isolierten Lage der Insel hat sich die isländische Sprache in den letzten Tausend Jahren wenig verändert. Deshalb gibt es auch diese unaussprechlichen Namen.

Der größte Gletscher Europas ist in Island. Es ist der Vatnajökull. Unter seinem Eis liegen 7 teilweise aktive Vulkane. Wenigstens diesen Namen kann man nach einiger Übung aussprechen.

34. Der typische Schwabe
Über Baden lacht die Sonne
über Württemberg die ganze Welt.

Mitte der 60er Jahre wurde ich zur Bundeswehr eingezogen. Sie hätten mich überall hinschicken können, meinetwegen in den hohen Norden oder in den Süden nach Bayern. Aber der schlimmste Fall trat ein, sie schickten mich (einen Badener) nach Ludwigsburg ins Schwabenland. Mir fiel der Spruch ein: *Willst du keinen Streit und Ärger, meide jeden Württemberger.* Aber es half nichts.

In der Kaserne waren 95% Schwaben, die übrigen waren aus Hamburg, Saarbrücken und Mannheim. Wir Nichtschwaben bildeten bald eine verschworene Gemeinschaft gegen die schwäbische Übermacht. Aber darum geht es nicht in dieser Geschichte, sondern um den typischen Schwaben, wie ich ihn noch in Erinnerung habe.

Hier einige Beispiele für den typischen Schwaben, die mir schon vor 50 Jahren aufgefallen sind und die sich auch heute nicht geändert haben.

Das Thema Bruddeln (Meckern). Nichts macht der Schwabe lieber als Bruddeln, also sich über Gott und die Welt beklagen, obwohl es ihm saugut geht. Aber der Schwabe ist schlau und wird dabei nicht laut. Er mault leise vor sich hin, manchmal gerade noch laut genug, um verstanden zu werden. Manchmal aber auch so leise, dass man meint er führt ein Selbstgespräch.

An einige Ausdrücke muss man sich erst gewöhnen. Wenn der Schwabe sagt *Gugg,* dann muss ich nicht schauen. Er meint damit eine Plastiktasche. Wenn ich beim Bäcker Brötchen verlange, schaut er ungläubig und fragt dann: *Moinet sie Weckle?*

Eine Kleinigkeit ist für den Schwaben ein *Muggaseggele.* Für den Popel hat er den Ausdruck *Rotzbolla.* Und sollte mir das alles unangenehm sein heißt das *oagnehm.* Und im Fernsehen gibt es Ersatz für die Mainzelmännchen - Pferdle und Aeffle.

Die Werkstatt. Wenn sie mit ihrem Auto in eine schwäbische Werkstatt müssen, dann achten sie genau darauf, was der Meister sagt. Er öffnet den Motorraumdeckel, schaut auf den Motor und sagt: *Des Audo isch hee.* Nun können sie beruhigt sein, die Reparatur wird nicht all zu teuer. Sagt der Meister aber: *Des Audo isch halber hee.* Dann wird es richtig teuer. Am Besten, sie lassen es gleich verschrotten.

Schwäbische Entschuldigung. Erwarten sie von einem Schwaben nie, dass er sich entschuldigt. Wenn er sie anrempelt, oder aus Versehen auf den Fuß tritt ist das höchste der Gefühle ein kurzes *Hobbla*. Am Besten antworten sie: *Schon gut, ist ja nix passiert.* Wenn der Schwabe das Wort Entschuldigung gebraucht, dann schon mal als Drohung: *Entschuldigen sie mal, so geht's aber net.* Oder: *Entschuldigung, des isch mein Platz.*

Auch mit dem Lob tut sich der Schwabe schwer. Nach dem Motto: *Net gmault, isch globt gnug.* Erwarten sie also vom Schwaben kein besonderes Lob.

Einer meiner Kameraden aus Mannheim lachte immer so komisch, es klang wie ein meckern. Einer der Schwaben fragte: *Warom lachsch denn so saudomm.* Der Mannheimer verstand ihn sogar und meinte: *Ich lach doch immer so.*

Außer Autos und Menschen darf fast alles entsorgt werden, nicht jedoch bei den Schwaben. Der Schwabe schmeißt nichts weg und meint immer: *Des duuds no* (das tut es noch). Egal, ob löchrige Kleidung, kaputte Möbel, defekte Uraltfernseher, *des duuds no.*

Ich war mal zu einer Geburtstagsfeier eingeladen. Der Gastgeber sagte: *Nix Großes, nur ein paar Bekannte und meine Freunde.* Für die Feier hatte er die Stadthalle gemietet und vor lauter fremden Menschen bekam ich ihn nicht mal zu Gesicht.

Essen und Trinken auf schwäbisch. Der Schwabe hat am liebsten ein Fünf-Gänge-Menue. Das ist ein Rostbraten mit Spätzle und dazu vier Viertel Trollinger. Hat er das Auto dabei verlangt er ein schwäbisches Schorle. Ein halbes Glas Mineralwasser und ein halbes Glas Leitungswasser.

Die schwäbischen Häuser. Als Soldat sah ich auch die schwäbischen Häuser auf dem Land. Kein Haus war ohne Zaun rings herum. Auch der kleinste Vorgarten wurden mit einem Metallzaun gesichert. Vor und hinter dem Zaun waren Hecken gepflanzt, so dass ein Bollwerk bis zu zwei Metern Dicke zwischen den Nachbarn aufgebaut war. Zwischen manchen Häusern waren sogar stabile Steinmauern oder Betonwände. So viel Vertrauen hatten die Schwaben zu ihren Nachbarn.

Als ich nach zwei Jahren Militärdienst wieder zurück nach Baden kam, erschien es mir wie eine andere Welt.

Wenn ich mit wenigen Worten den Schwaben beschreiben sollte würde ich folgende wählen:

Maultaschen, Reihenhaus, kein Hochdeutsch, Stuttgart 21, Erfinder, sparsam, geizig, misstrauisch, spießig.

Der Schwabe kann einen 100 Mal das gleiche fragen. Das nervt ungemein. Gegenüber Fremden ist er äußerst misstrauisch. Entweder er protestiert laut oder er bruddelt leise vor sich hin.

Die Sprache ist sehr deftig, zum Beispiel: *Lebsch du alts Arschloch au no?* Das ist keine Beleidigung sondern eine normale Begrüßung unter Bekannten.

Wenn sie in eine Gaststätte kommen und an jedem Tisch sitzt eine Person, wundern sie sich nicht, wenn der Wirt sagt: *Leider isch alles voll.* Sie sind im Schwabenland.

35. Schnorrer
Wenn du die Welt verändern willst beginne mit dem, den du morgens im Spiegel siehst.

Es war ein sonniger Samstag und in der Fußgängerzone war Hochbetrieb. Vor der Deutschen Bank saß ein Punker mit drei kleinen Hunden. Vor sich hatte er zwei Plastikbecher stehen. Die hatte er mit einem Filzschreiber beschriftet. Auf dem linken Becher stand: *Für Essen.* Auf dem rechten Becher stand: *Für Bier.* Das fand ich originell, trotzdem spendete ich nichts. Für Schnorrer habe ich nichts übrig.

Einige Meter weiter saß schon wieder einer, diesmal ohne Hund. Er sprach mich auch gleich an: *Ey, haste nen bißchen Geld für mich, habe schon seit Tagen nichts mehr gegessen.* Ich hatte gerade auf dem Markt Äpfel eingekauft, griff in die Tasche und reichte ihm einen schönen großen Apfel: *Hier, einen Apfel kannst du haben.* Der Schnorrer rief entsetzt: *Nee, ich ess kein Obst.*

Ich ging weiter und schon trat mit ein Skinhead in den Weg und fragte: *Haste mal nen Euro? Nein*, sagte ich, *ich habe kein Geld. Dann geh doch arbeiten*, meinte der Skinhead. Ich ging kopfschüttelnd weiter.

Vor Jahren war der Standardspruch der Punker: *Haste mal ne Mark?* Dann wurde der Euro eingeführt und der Spruch passte nicht mehr. Die Punks mussten umlernen und verschwanden von der Szene. Jahrelang sah man sie nicht mehr. Nun tauchen sie plötzlich wieder auf mit ihrem neuen Spruch: *Haste mal nen Euro?* Haben die so lange gebraucht, um den neuen Spruch zu lernen?

Jetzt haben sie auch keine Ratten oder Frettchen mehr auf der Schulter. Jetzt haben sie große Hunde dabei.

Vor den Schmuckwelten sah ich eine Gruppe von Skinheads. Diese schnorren eigentlich nur Zigaretten. Wenn man ablehnt, führt das schon mal zu Gewalttätigkeiten.

Wenn dir nachts in der Bahnunterführung einer entgegenkommt und um Feuer bittet, will er bestimmt nicht rauchen. Am Besten gleich eine reinsemmeln und abhauen. Aber Vorsicht, meistens sind die nicht allein. Aber es gibt auch hilfsbereite Typen. Die treten in

Rudeln auf und fragen dich: *Hast du Problem?*

Überall gibt es Schnorrer. Jeder hat in seinem Bekanntenkreis solch einen Typen. Der Schnorrer pumpt alle um eine Zigarette an und im Laufe des Tages kommt so auch eine Schachtel zusammen. Er würde aber nie auf die Idee kommen, sich selbst eine Packung Zigaretten zu kaufen, oder einem anderen eine Zigarette anzubieten.

Als ich noch rauchte war ich viel zu gutmütig. Wenn mich ein Kumpel um eine Zigarette bat, reichte ich ihm die Schachtel. Schon griffen drei oder vier Hände danach und ich erhielt die Schachtel meistens leer zurück.

Neulich stand ich vor der Grundschule an der Bushaltestelle und wartete auf den Bus. In dem Moment war die Schule aus und die Schüler kamen heraus. Einer zückte eine Schachtel Zigaretten und sofort umstanden ihn 8 bis 10 Schüler und wollten auch eine Kippe haben. Der Schüler hatte keine große Freude mehr, an seiner Zigarettenschachtel. Deshalb sollte man sich erst umsehen, ob die Luft sauber ist, bevor man sich eine Zigarette rausholt.

Aber die Zigarettenschnorrer sind noch harmlos und man kann sie zur Not ertragen. Viel schlimmer sind die, die einen ständig anpumpen. Ich bin bestimmt nicht geizig, aber diese Typen bekommen von mir kein Geld. Gut, wenn es um kleinere Beträge geht mache ich schon mal eine Ausnahme. Also etwa bis 10 Euro. Das Geld sehe ich sowieso nie wieder.

Als wir noch die Deutsche Mark hatten gewann ich mal im Lotto etwas über 800 Mark. Der Gewinn wurde am Kiosk ausbezahlt. Als der Kioskbesitzer Schein um Schein vor mich hinblätterte stand mein Nachbar hinter mir und schaute mit großen Augen auf die Scheine. Ich steckte das Geld weg und ging. Mein Nachbar (ein armer Teufel) kam mir hinterher und pumpte mich um 100 Mark an. Nun konnte ich nicht sagen, dass ich kein Geld habe, also gab ich ihm den Hunni. Ich wusste aber, das Geld sehe ich nie wieder. Doch eine gute Seite hatte das Ganze, er hat mich nie mehr angepumpt. In Zukunft hatte ich meine Ruhe und den Hunderter konnte ich verschmerzen.

Obwohl ich sehr vorsichtig bin, fiel ich doch noch auf eine Bekannte herein. Sie brauchte dringend 10 Euro. Ich dachte, ist doch nur Geld und gab ihr den Zehner. Sie kaufte sich sofort eine Schachtel Zigaretten und einen Kaffee to go. Und ich war sprachlos.

Wenn mich mal wieder einer anpumpen will, drehe ich den Spieß einfach herum und versuche ihn anzupumpen. Dieser Trick funktioniert immer.

36. Gefährliche Farben
Keiner weiß wie lang er lebt,
bis ihm die letzte Stunde schlägt.

Seit meiner Jugend wurden wir vor gefährlichen Farben gewarnt. Einmal war es die Rote Gefahr, dann die Gelbe Gefahr. Hat man uns etwas vorgemacht? Hat die Gefahr eine ganz andere Farbe?

Kurz nach dem zweiten Weltkrieg machte man uns immer Angst mit: Die Russen kommen. Man sprach von der Roten Gefahr. Mit einer Million Panzern stehen sie an einem Tag am Rhein. Das war unser Feindbild.

Wer ist gekommen? Die Spätaussiedler. Für die Russen waren sie Deutsche und für die Deutschen waren sie Russen.

Aber nun kommen tatsächlich die Russen. Als Touristen überrennen sie deutsche Hochburgen wie Antalya, Zillertal, St. Moritz und Kitzbühel. Mallorca ist noch in deutscher Hand, aber wie lange noch. Wird die letzte Bastion auch noch fallen?

Nachdem sie uns lange genug vorgebetet hatten, dass die Russen kommen, glaubte keiner mehr daran. Ein neues Feindbild musste her. Das hatte man schnell zur Hand - die Gelbe Gefahr. 100 Millionen Chinesen würden Europa überrennen.

Inzwischen wissen wir, mit der Gelben Gefahr waren nicht die Chinesen gemeint, sondern die FDP.

Weder Russen noch Chinesen kamen, um unser Land zu erobern. Aber nun kommen Millionen über den Balkan und über das Mittelmeer. Welche Farbe haben wir für diese Gefahr?

Die Syrer sind weiß, die Iraker und Afghanen sind braun, die Somalier und Nigerianer sind schwarz, die Maghrebiner sind alles zusammen. Auf welche Farbe legen wir uns also fest? Auf die schwarze Gefahr? Das geht gar nicht. Damit könnten CDU und CSU gemeint sein. So langsam gehen uns die Farben aus.

In Afrika warten 30 Millionen Menschen darauf, nach Europa zu kommen. Ist das die Schwarze Gefahr? Müssen wir uns nicht vor roten Panzern oder gelben Soldaten fürchten, sondern vor schwarzen, halb verhungerten Menschen? Hat man uns mal wieder Sand in die Augen gestreut und jahrelang etwas vorgegaukelt?

Natürlich ist es gut, wenn Staaten auch noch von den letzten Diktatoren befreit werden. Aber je mehr freie Staaten es gibt, um so mehr Flüchtlinge kommen zu uns. Da läuft doch etwas verkehrt?

37. Sperrmüll
Elektronische Post wird in
drei Kategorien eingeteilt,
Müll, Sperrmüll und Giftmüll.
Der Absender übrigens auch.

In meiner Jugend gab es das Wort Sperrmüll noch nicht. Der Schwabe schmeißt ja sowieso nichts weg, weil er es irgendwann doch noch gebrauchen könnte.

Als es nach dem Krieg wieder Arbeitsplätze gab und die Leute Geld verdienten konnten sie sich neue Möbel leisten. Da kam zum ersten Mal die Frage auf, wohin mit dem alten Zeug. Aus einem Schrank konnte man ja noch einen Hasenstall machen, aber was macht man mit einem Bett, einem alten Sofa oder einer alten Couch?

Die normale Müllabfuhr war darauf nicht eingerichtet. Also führte man zwei feste Abholtermine im Jahr ein. Am Vorabend stellten wir alles was weg musste vor das Haus auf den Gehweg. Dann kamen auch schon die Kleinlaster der Schrotthändler aus Karlsruhe und Germersheim. Die waren aber nur an Metall interessiert. Dann tauchten Kleintransporter aus Litauen, Polen und anderen Ostblockländern auf. Die nahmen alles Brauchbare mit. Möbel, Herde, Fernseher, Kühlschränke. Manche hatten sich bereits spezialisiert auf nur eine Art von Sperrmüll. Zum Beispiel Herde oder Fernseher. Sie reparierten die Sachen und verkauften sie im eigenen Land weiter.

Von Jahr zu Jahr wurden nun die Sperrmüllhaufen immer größer und immer mehr Transporter mit ausländischem Kennzeichen tauchten auf. Sie durchwühlten alles und was sie brauchen konnten, wurde sofort eingeladen. So ging es die ganze Nacht. Am nächsten Morgen blieb nur noch ein Chaos übrig und der Müll war überall verstreut, sogar auf der Straße.

Das gefiel der Stadtverwaltung überhaupt nicht und sie suchte nach einer Lösung. Die fand sie bald. Nun gab es keine festen Abholtage mehr. Jeder Bürger bekam mit seinem Abfallkalender eine Karte auf der er seinen Sperrmüll anmelden konnte. Darauf bekam er einen Abholtermin und konnte das Zeug am Vorabend an die Straße stellen.

Ich hatte damals eine große Matratze (in Folie verpackt), einen alten Fernseher, einige defekte Drucker, einen Bürosessel, einen Freischwinger-Stuhl und noch ein paar andere Sachen. Wegen der Elektronik-Sachen hatte ich Bedenken. Diese wurden eigentlich nicht abgeholt. Man musste sie selbst zum Wertstoffhof bringen. Trotzdem schrieb ich alles auf die Karte und schickte sie ab.

Als ich meinen Abholtermin hatte, stellte ich am Vortag mittags um 15.00 Uhr alles vor das Haus auf den Gehweg. Die Drucker hatte ich auch schön in Kartons verpackt. Ich war kaum in meiner Wohnung, hörte ich ein Auto vor dem Haus anhalten. Ich riskierte einen Blick aus dem Fenster, es war ein weißer Transporter aus Litauen. Ein Mann war gerade dabei alles einzuladen. Und ich meine wirklich alles. Nichts blieb zurück. In 5 Minuten war mein Sperrmüll verschwunden.

Am nächsten Tag kamen zwei Autos der Müllabfuhr vorbei. Ein großer Müllwagen mit einer Presse, die ganze Möbelstücke fressen konnte. Dahinter ein kleiner Transporter, der die Sachen mitnehmen sollte, die noch verwertbar sind. Die beiden Autos blieben nur kurz stehen und fuhren dann weiter.

Ich hatte das schon an anderen Häusern beobachtet und glaubte, die Leute hätten vergessen ihre Sachen rauszustellen. Nun wusste ich es besser. Aber woher wusste der Litauer, dass bei mir etwas zu holen ist. Ich glaube nicht, dass er auf Verdacht einfach durch die Orte fährt. Ich glaube, er hatte einen Draht zur Zentrale in Germersheim und bekam von dort die Information. Trotzdem konnte er nicht wissen, zu welcher Uhrzeit ich alles rausstelle. Das bleibt wohl ein Rätsel.

Nun wurde diese Sperrmüllkarte wieder abgeschafft. Aber es gibt eine Neuerung. Gebrauchte Möbel kann man dem Second-Hand-Palast anbieten, dann werden sie vielleicht abgeholt. Man kann Sperrmüll auch zum Wertstoffhof Hohberg bringen. Bis 3 Kubikmeter kosten 5 Euro. Oder man kann den Vollservice buchen (SITA Süd GmbH). Die Abholung ist aber kostenpflichtig. Die Männer holen den Sperrmüll sogar aus der Wohnung, dem Keller oder der Garage. Hat man aber mehr als 3 Kubikmeter muss man ein Entrümpelungsunternehmen beauftragen. Das steht alles auf dem Informationsblatt der Abfallwirtschaft.

Was nicht darauf steht sind noch zwei weitere Lösungen. Man schmeißt das Zeug einfach in den Wald (ist aber nicht erlaubt), oder man bietet es bei E-bay an und verdient damit noch Geld.

Möchte man einen Fernseher loswerden, stellt man ihn vor das Haus und heftet einen Zettel dran: *Zum mitnehmen.* Das kann man auch mit einem Fahrrad tun. Nach einer Stunde ist bestimmt nichts mehr da. Allerdings ist das riskant, wenn man Gegenstände ohne Termin an die Straße stellt. Wenn man angezeigt wird, droht ein Bußgeld von 100 bis 400 Euro. Bei mehreren Gegenständen kann es von

400 bis 1500 Euro kosten. Und irgendein Nachbar wird es schon melden, darauf kann man sich verlassen.

38. Der alte Sack
Mit dem alten gelben Sack
meine ich keinen Chinesen.

Ja das war noch einer, der alte gelbe Sack. Er war stabil, hatte eine praktischen Verschluss (Zugband) und auf der Rolle waren 24 Stück.

Nun beschlossen die Sackmacher Kosten zu sparen und ließen auf der Rolle einfach einige Säcke weg. Wer zählt schon nach? Die meisten verbrauchten die Säcke, bis die Rolle aufgebraucht war und wunderten sich, dass sie plötzlich noch eine zweite Rolle brauchten.

Bald waren auf der Rolle nur noch 20 Säcke. Das war den Sackmachern immer noch zuviel und sie reduzierten die Rolle auf 18 Säcke. Später dann auf 17 und noch später auf 16. Schließlich waren nur noch 15 auf der Rolle. Nun wurden doch einige Bürger aufmerksam.

Als dann wieder Rollen verteilt wurden waren es nur noch 14 Säcke. Manche Bürger lösten das Problem auf ihre Weise und klauten einfach dem Nachbarn die Rolle. Das ersparte den Weg ins Kundencentrum der SWP.

Aber nicht nur die Stückzahl, auch die Qualität hatte sich geändert. Die ersten Säcke hatten am oberen Rand ein weißes Zugband. Das konnte man auf den Seiten herausziehen und die Enden verknoten. Eine praktische Einrichtung. Die neuen Säcke haben nur noch einen roten Plastikfaden. Der ist zwar auch zum Verschnüren des Sackes gedacht, reißt aber beim geringsten Zug. Selbst als Zahnseide kann man ihn nicht verwenden. Und dünner sind sie geworden, die neuen Säcke. Nur mal etwas fester anfassen und schon ist ein Loch im Sack aus dem der Müll herausquillt.

Auch mir gingen die Säcke aus. Ich holte im Kundencentrum eine neue Rolle. Als ich sie in der Hand hatte war da ein komisches Gefühl. Die Rolle war nicht kurz und dick, wie gewohnt, sondern lang und schlank. Die Säcke waren irgendwie anders aufgewickelt. Zuhause zählte ich nach. Es waren nur noch 12 Säcke auf der Rolle. Wer denkt da nicht an 10 kleine Negerlein.

Wenn es in dem Tempo weitergeht bekommen wir in einigen Jahren nur noch einen Sack. Der muss aber dann ziemlich groß sein, denn er muss ja das ganze Jahr reichen. Vielleicht sind die Sackmacher auch völlig von der Rolle und wir bekommen keinen Sack mehr. Schmeißen wir den Müll dann wieder auf die Straße?

39. *Die neuen Einachser*
Der Abfall fault
nicht weit vorm Haus.

Da hatten die Fachleute der Müllentsorgung eine gute Idee mit den neuen Mülltonnen. Im Idealfall pro Haus nur noch eine Tonne. Damit lassen sich Fahrzeuge, Personal und Kosten einsparen.

Die Sache war logisch durchdacht. Die Mieter in Mehrfamilienhäusern schließen sich zu einer Müllgemeinschaft zusammen. Auch die Eigentümer von Einfamilienhäusern könnten sich zusammenschließen und damit die Müllentsorgung erleichtern.

Die Planer haben aber den menschlichen Aspekt ausser acht gelassen. Es gibt Häuser, in denen die Menschen nicht miteinander reden. Oder sie können sich nicht leiden. Oder sie sind sogar verkracht. Und mehrere Häuser zusammen, das geht schon gar nicht, wo die Deutschen sich seit Jahren immer mehr isolieren.

In unserem Haus sind 11 Wohnungen und wir waren uns alle einig, nur noch eine Tonne mit 240 Liter Fassungsvermögen. Als die Tonne angeliefert wurde, dachte ich: *Welch ein Monstrum.* Die Tonne müssen wir im Freien aufbewahren. Wie ist das im Winter, bei 10 Grad minus. Friert dann der Müll ein. Und was wiegt die Tonne, wenn sie voll ist? Mehr als 100 Kilo? Kann man das Monster trotz der Räder überhaupt bewegen? Das Problem lösten wir ebenfalls. Unser Hausmeister muss die Tonne immer am Abend vor der Müllabfuhr an die Straße stellen. Wenn sie geleert ist, schaffe ich sie alleine zurück an ihren Standplatz.

Doch wie war es nun in anderen Häusern? Ich habe bei der nächsten Müllabfuhr mal genau hingeschaut. Vor einem Haus in der Südstadt standen 14 Tonnen (bei 20 Wohnungen). Vor einem anderen Haus sah ich 12 Tonnen (12 Wohnungen). Auf der Rotplatte konnte man an den Tonnen abzählen, wieviele Wohnungen in der Wohnanlage sind.

Diese Entwicklung überraschte mich nicht. Ich hörte immer wieder von anderen Leuten den Satz: *Ich will meine eigene Tonne.*

An einem neu erbauten Haus mit 24 Wohnungen zählte ich 24 Eimer. Im Haus wohnen vorwiegend Familien mit Migrationshintergrund. Inzwischen wurden auch gelbe Tonnen verteilt. Im besagten Haus stehen nun im Hinterhof auch noch 24 gelbe Tonnen. Hier mißtraut wohl jeder jedem.

Wenn solche Projekte am Schreibtisch entwickelt werden vergessen die Planer oft einen wichtigen Punkt - die Menschen.

40. Wohin mit dem Papier
Lieber Papier in der Tonne,
als Dreck am Stecken.

Nun habe ich den gelben Sack erledigt und auch den Einachser. Bleibt also nur noch das Papier.

Bisher wurde das Papier alle 14 Tage abgeholt. Das reichte aus für die Menge an Zeitungen, Prospekten und Kartons, die sich angesammelt hatten.

Dann kam der neue Abfallkalender und die Bürger rieben sich verwundert die Augen. Das Papier sollte nur noch alle vier Wochen abgeholt werden. Das sollte im Wechsel mit der blauen Tonne geschehen. Einmal im Monat gebündeltes Papier und einmal die Tonne. Diese Regelung wurde von den Bürgern nicht akzeptiert. Plötzlich wurden viele zum Rebellen und stellten trotzdem alle 14 Tage ihr Papier hinaus. Das Papier wurde nicht abgeholt und war Wind und Wetter ausgesetzt. Keiner nahm es wieder herein. Der Wind verteilte das lose Papier über die ganze Straße und Regen und Schnee gaben ihm den Rest.

Nach nur drei Monaten mit der neuen Abfallregelung kam man zur Erkenntnis: Es funktioniert nicht. Aber nicht, weil die Bürger den neuen Abfallkalender nicht lesen, sondern weil sie diesen Unsinn nicht akzeptieren.

Nun hatte der zuständige Bürgermeister die grandiose Idee, in Zukunft nur noch auf die blaue Tonne zu setzen. Was für ein Irrsinn. Man braucht nur die Mengen von Papier und Kartons anzusehen, die vor manchem Haus liegen und muss sich fragen: Passt das in eine Tonne? Manche Häuser brauchen dann mehrere blaue Tonnen. Wo soll man die hinstellen?

Die Wohnanlagen werden immer größer und die Keller immer kleiner. Ich habe auch nur eine kleine Gitterbox und da passt keine Tonne mehr hinein. Also wohin mit der schwarzen Tonne, mit der blauen, mit der gelben und mit der braunen? Muss man in Zukunft ein Zimmer leerstehen lassen, nur für die Mülltonnen? In meiner Wohnung (1 Zimmer) geht es gar nicht. Oder ich stelle die Tonnen in die Wohnung und schlafe auf der Straße.

Aber nun ist doch ein Wunder geschehen. Bevor die ganze Stadt mit Papier vermüllt wurde, hatten die Verantwortlichen reagiert und kehrten zu der alten Abholregelung zurück.

Es wäre nicht das erste Mal, dass in Pforzheim eine neue Regelung wieder zurückgenommen wird. Bei den Hausmülltonnen lagen sie mit den Prognosen falsch. Gewünscht war, dass die Bürger ihre Tonne nur noch 14-täglich leeren lassen. Aber bei den Bürgern siegte der gesunde Menschenverstand. Wer will schon im Hochsommer den Müll 2 Wochen lang in der Tonne lassen? In der Zeit entwickelt sich in der Tonne neues Leben. Deshalb will ein Großteil der Bürger nach wie vor die wöchentliche Leerung.

Der nächste Ärger ist schon programmiert. Der gelbe Sack soll abgeschafft und durch die gelbe Tonne ersetzt werden.

Warum fragen sie nicht zuerst die Bürger und ersparen sich damit kostspielige Planungen und weitere Blamagen? Verschont uns mit weiteren Verbesserungen.

Früher hatte jeder Haushalt das Abfallproblem selbst geregelt. Küchenabfälle wurden an die Schweine verfüttert oder landeten auf dem Kompost. Die Asche aus dem Ofen kam in einen Eimer. Im Sommer wurde sie im Garten auf die Beete verteilt und im Winter streute man damit den Gehweg. Das Papier fand seine Verwendung auf der Toilette.

41. Alles für die Katz
Der Hund freut sich,
dass man wieder da ist.
Die Katze ist sauer,
dass man weg war.

Eines Tages war ich bei wohlhabenden Bekannten zum Essen eingeladen. Weil ich nichts über die Tischsitten der Reichen wusste, machte ich es einfach dem Gastgeber nach. Da konnte nichts schiefgehen.

Das Essen schaffte ich, ohne mich zu blamieren. Dann wurde Kaffee serviert. Ich schaute was der Gastgeber nun macht. Er nahm eine Untertasse und goß Kaffeesahne hinein. Ich tat es ihm nach. Dann fügte er Zucker hinzu. Ich wunderte mich, tat aber dasselbe. Nun beugte er sich hinunter und reichte das Tellerchen seiner Katze. Ich saß blöd da, mit meinem Tellerchen in der Hand. Der Gastgeber sah mich fragend an. Ich kippte den Inhalt des Tellerchens in meine Kaffeetasse und meinte: *Das ist Gewohnheit, das mache ich immer so.* Ich weiß nicht, ob er mir das abgenommen hat, aber in Zukunft bin ich vorsichtiger.

42. Aussichtspunkte
Man sieht:
Morgens ein Nebelmeer,
mittags ein Häusermeer,
abends ein Lichtermeer,
und nachts gar nichts mehr.

In Pforzheim hat es zwar einige kleine Berge aber keine nennenswerten Aussichtspunkte. Mir fallen spontan nur zwei prägnante Punkte ein. Einmal der Wallberg.

Der Wallberg ist eine natürliche Erhebung, die nach der Zerstörung der Stadt im zweiten Weltktrieg ab 1952 mit 1,65 Millionen Kubikmetern Schutt aus der Stadt aufgestockt wurde. Deshalb wird der Berg auch als Monte Scherbelino bezeichnet. Nach der Aufschüttung hatte er eine Höhe von 417,5 Metern. Er wurde inzwischen zum Mahnmal ausgebaut. Von oben hat man einen herrlichen Blick auf die Innenstadt, die drei Täler und die angrenzenden Gemeinden. Bei guter Fernsicht sind sogar die Kühltürme des Kernkraftwerks Philippsburg zu sehen.

Einen weiteren Aussichtspunkt darf ich nicht vergessen. Er ist direkt vor den

Schmuckwelten. Von dort sieht man die Nordsee.

43. Sandalen-Abenteuer
Das Glück ist wie ein Vogel,
manchmal scheißt es
einem nur auf den Kopf.

Der Sommer ging langsam zu Ende, aber es war immer noch ziemlich heiß. Trotzdem musste ich unbedingt mal in die Stadt um Einzukaufen. Weil es so warm war, zog ich kurze Hosen und meine alten Sandalen an. Mein Programm war einfach, zuerst zur Büchertauschbörse und einige Bücher reinstellen. Dann besuche ich den Obdachlosen hinter dem Kaufhof und gebe ihm eine Handvoll Münzen. Dann zu Norma und Penny und auf dem Rückweg zu Drogerie Müller. In einer Stunde hätte ich wohl alles erledigt und könnte wieder nach Hause.

Wie man sich doch täuschen kann. Als ich von der Tauschbörse wegging stimmte etwas nicht. Mein Gang war ziemlich schief. Ich schaute nach meiner linken Sandale, die halbe Sohle fehlte. Ich schaute nach der rechten, auch dort löste sich bereits die Sohle. Gut, die

Sandalen waren bestimmt schon 20 bis 30 Jahre alt, aber kaum getragen. Leider wusste ich nicht mehr, wo ich sie seinerzeit kaufte, sonst hätte ich versucht, sie umzutauschen. Als ich von Zuhause fortging waren die Sohlen jedenfalls noch in Ordnung, glaube ich wenigstens.

Weit konnte ich mit dem Schuhwerk das sich auflöste nicht gehen. Da ich aber gerade vor der Spar-Filiale stand disponierte ich um und ging dort einkaufen. Als ich durch die Kasse ging sah ich auf die Uhr. Mein Bus fuhr in 3 Minuten. Das konnte ich gerade noch schaffen. Ich ging schnell über die Leopoldstraße und da kam der Bus auch schon angefahren. Ich schaute nicht hinter mich, aber sicher zog ich eine Spur von zerbröselnden Gummisohlen hinter mir her. Natürlich hatte ich nun ganz andere Sachen eingekauft als das, was auf meinem Zettel stand.

Zu Hause blieb ich gleich neben unserer Mülltonne stehen und zog die Sandalen aus. So etwas hatte ich noch nicht gesehen. Die Sohlen lösten sich vollkommen auf. Auf dem Gehweg lagen schon vereinzelt Gummibrocken. Ich warf die Sandalen in die Mülltonne und ging auf den Socken ins Haus. Hoffentlich hatte mich niemand gesehen, sonst fangen die auch noch an zu sammeln, für ein Paar neue Sandalen.

Die Ironie an der ganzen Sache ist, der Obdachlose hatte bessere Schuhe an als ich.

44. Haustiere
Mein liebstes Haustier
ist immer noch
das halbe Hähnchen.

In meiner Jugend hatten wir als Haustier eine Katze. Es war eine Deutsche Hauskatze und da war überhaupt nichts Süßes zum Knuddeln. Wenn man sie anfasste fauchte sie und fuhr ihre Krallen aus. Ihre Aufgabe war Mäuse zu fangen und das tat sie auch gründlich.

Kleine Hunde als Haustiere gab es nur vereinzelt. Der Gärtner, der Sägewerkbesitzer, der Feldschütz, alle hatten Schäferhunde. Die Metzger hatten Rottweiler. Und die Jäger hatten Dackel.

Aber es gab schon Meerschweinchen, Hamster, Kaninchen und Vögel. Damals hatten diese alle den gleichen Namen. Egal wo man zu Besuch war, hatten sie einen Wellensittich hieß er Hansi, hatten sie ein Meerschweinchen hieß es Felix, und hatten sie ein Kaninchen hieß es Hoppel.

Hansi, Felix, Hoppel, die drei Namen konnte man sich gut merken. Heute ist das ganz anders. Der Wellensittich heißt inzwischen Bubi, Rocky, Moritz, Sammy, Tweety, Bobby, Schröder usw. Bei manchen Leuten heißt er aber immer noch Hansi.

Auch Meerschweinchen und Kaninchen haben inzwischen andere Namen. Und die vielen kleinen Modehunde, hier kennt die Phantasie keine Grenzen.

Aber inzwischen sind die Haustiere vielfältiger geworden. Die Tarantel heißt zum Beispiel Frieda, der Skorpion - Egon, die Ratte - Stinker, das Frettchen - Rocky usw.

Wenn mir für mein exotisches Haustier kein Name einfallen will, im Internet gibt es Namenslisten mit Hunderten von Namen. Da findet jeder etwas.

Eigentlich sind Namen für Tiere nur sinnvoll, wenn das Tier darauf reagiert. Bei Fischen im Aquarium ist das schwierig. Auch bei Spinnen und Echsen im Terrarium ist es fraglich. Fehlt nur noch, daß wir unseren Flöhen auch noch Namen geben.

Damals bekamen wir Jungen kein Haustier. Ich konnte jedoch von einem Nachbarsjungen einen Goldhamster für ein paar Lego-Bausteine eintauschen. Aber nun brauchte ich noch einen Käfig, denn wir hatten ja noch die böse Wohnungskatze. Ich erinnerte mich, auf dem Dachboden einen alten Vogelkäfig gesehen zu haben. Irgendwer aus meiner Verwandschaft hatte mal einen Vogel.

Der Käfig sah erbärmlich aus. Die Gitterstäbe waren teilweise angerostet. Ich machte alles mit der Drahtbürste sauber und strich den Käfig mit weißer Farbe. Nun sah er gleich besser aus. Dann stopfte ich ordentlich Holzwolle hinein und baute ein Laufrad und ein Häuschen für den neuen Bewohner. Nun setzte ich Schnuffi, so hatte ich den Goldhamster getauft, in den Käfig. Er machte erst Mal einen Rundgang und schaute alles genau an. Dann drehte er sich zu mir um und nickte mit dem Kopf. Er akzeptierte sein neues Heim.

Der Käfig stand nun auf einem Schemel im Wohnzimmer und die blöde Katze saß stundenlang davor und schaute Schnuffi an. Manchmal versuchte sie mit der Pfote durch die Gitterstäbe zu greifen. Ich wusste, was sie wollte. Für sie war das kein Hamster sondern eine Maus.

Wenn die Katze ausser Haus war, ließen wir den Hamster heraus und er erkundete die Wohnung. Wir mussten ihn oft suchen, fanden ihn aber immer rechtzeitig, bevor die Katze wieder zurück war. Schnuffi wurde immerhin 6 Jahre alt. Er überlebte sogar die böse Katze.

45. Das Buch
Der Stolz von jedem Autor,
wer sein Buch klaut, liest es auch.

Vor einigen Tagen nahm ich wieder mal an einem Preisausschreiben teil. Obwohl ich inzwischen weiß, dass die nur an meinen Adressdaten interessiert sind. Na ja, was kann schon Schlimmes passieren?

Heute bekam ich die Nachricht: *Herzlichen Glückwunsch, Sie haben gewonnen.* Tatsächlich? Ich hatte etwas gewonnen. Nun war ich gespannt, auf meinen Preis. Der Gewinn lag schon dabei. Es war ein Buch und der Titel war - haltet euch fest -

Über die moralischen Möglichkeiten des Intellektuellen in der totalitären Gesellschaft.

Wer schreibt denn so etwas? Immer wenn ich etwas gewonnen hatte, war es ein Ding, das ich nicht gebrauchen konnte. Einmal kam ein großes Paket und ich dachte, wenn es so groß ist, dann ist sicher etwas Wertvolles drin. Im Paket war eine Salatkugel. Eine Salatschleuder in Form einer Kugel. Die packte ich gleich in den gelben Sack. Danach nahm ich nicht mehr an Preisausschreiben teil. Nun bin ich doch rückfällig geworden. Das ärgert mich.

Was mache ich nun mit dem Buch? Lesen werde ich es auf keinen Fall. Aber ich könnte es bei Ebay anbieten. Vielleicht ist einer so verrückt und kauft es.

Oder ich verbrenne es. Nein das geht nicht, ich habe ja keinen Ofen. Vielleicht schmeiße ich es gegen die Wand, das hilft mir den Frust abzubauen.

Oder ich setzte es aus, auf einer Sitzbank oder im Bus. Ich könnte es auch als Türstopper verwenden, oder beim Lüften in das Fenster klemmen, damit es nicht zuschlägt.

Je mehr ich darüber nachdenke, um so mehr fällt mir ein. Ich könnte es verschenken, aber an wen? Zur Zeit hasse ich niemanden.

Ich habe ja noch andere Bücher, die ich auch nicht lese. Ich könnte alle zusammenkleben und daraus ein Sitzmöbel machen. Aber die Bücher sind alle unterschiedlich groß. Das wird schwierig.

Ich könnte es der Stadtbibliothek stiften, dann hätte ich ein gutes Werk getan.

Alles was mir einfällt, gefällt mir nicht. Vielleicht haue ich das Buch jemand auf den Kopf. Da wären schon einige Leute, die mir spontan einfallen.

Verdammt, nun habe ich dieses Buch und weiß nicht, was ich damit anfangen soll. Wenn einer meiner Leser es haben will, bitte melde dich.

46. Vereinsmeier
Mein Grundsatz ist
bei jeglichem Verein,
ich trete nur noch aus
und nirgends ein.

Die meisten Vereine weltweit gibt es in Deutschland. Deutschland ist praktisch das

Land der Vereine. Für jeden Furz gibt es einen Verein. Warum das so ist, lesen sie in der folgenden Geschichte.

Früher sahen es die Frauen nicht gerne, wenn die Männer abends in die Wirtschaft gingen (zum Saufen). Um dem Ärger aus dem Weg zu gehen, ließen sich die Männer etwas einfallen. Sie traten einem Verein bei. Damit hatten sie einen Grund, am Vereinsabend aus dem Haus zu gehen. Ein Verein reichte ihnen aber nicht. Also traten sie einem zweiten Verein bei und einem dritten. Zuletzt waren sie in so vielen Vereinen Mitglied, dass sie jeden Abend zu einer Versammlung mussten. Ja, die Männer hatten es wirklich schwer.

Natürlich waren auch die Geschäftsleute Mitglied in den wichtigsten Vereinen. Und erst recht die Wirte. Gegen die Macht der Vereine kamen die Frauen nicht an und typische Frauenvereine gab es noch nicht. Also mussten sie zu Hause bleiben. Ein Mann war Mitglied im: Fußballverein, Turnverein, Sportverein, Gesangverein, Kleintierzüchterverein, Obst- und Gartenbauverein, Angelsportverein. Manche auch noch im: Bayernverein, Heimatverein, Hundesportverein, bei der Belrem Gilde, den Naturfreunden und der Freiwilligen Feuerwehr.

Ich habe mich stets von den Vereinen ferngehalten. Eines Tages sagte ein Schulkamerad: *Mensch komm doch zu uns, zum Gesangverein. Da werden Witze erzählt, Karten gespielt und getrunken, bis zum Morgengrauen. Und wann singt ihr eigentlich*, fragte ich? *Auf dem Heimweg*, meinte mein Schulkamerad.

Ich versuchte ihn abzuwimmeln: *Hör mal, ich kann doch gar nicht singen. Macht doch nichts*, meinte er, *wir stellen dich zum zweiten Bass. Du musst gar nicht singen, du brummst einfach mit.*

Dann erzählte er vom Sängerglas: *Wenn du in jeder Singstunde warst, bekommst du am Jahresende ein Sängerglas. Ich habe schon 20 Stück. Ich brauche bald eine neue Vitrine.*

Damit hatte er mich überzeugt. Ich hatte keinen Platz für die vielen Gläser. Deshalb ging ich auch nicht zum Singen. Wer weiß, vielleicht wäre aus mir doch etwas geworden.

47. Keiner setzt sich neben mich
Keiner lebt ohne Mängel, wir
sind Menschen, keine Engel.

Ich fuhr mal wieder mit dem Bus. Obwohl der Bus rappelvoll war, blieb der Sitz neben mir frei. Leute stiegen vorne ein, gingen durch den Mittelgang und suchten einen Sitzplatz. Neben mir war frei, aber keiner wollte sich da hinsetzen. Ich fragte mich warum?

Ich versuchte den Grund herauszufinden und roch an meiner Kleidung. Nein, daran lag es nicht. Ich bin kein Stinker.

Vielleicht lag es an meiner Mütze mit dem Emblem des FC Bayern? Ich nahm die Mütze ab und steckte sie in meine Tasche. An der nächsten Haltestelle liefen die Leute trotzdem an mir vorbei. Das war es also auch nicht.

Zum Mittagessen hatte ich unter anderem Zwiebeln in Knoblauchsoße. Aha, das könnte der Grund sein. Ich nahm schnell ein Pfefferminz. Trotzdem blieb der Sitz neben mir leer, obwohl der Bus immer voller wurde.

Saß ich vielleicht auf einem Sitz für Schwerbehinderte? Ich schaute mich um, konnte aber das Symbol nicht entdecken. Das war es also auch nicht.

Dann fiel es mir ein, ich hatte ja noch die BILD-Zeitung in der Hand. Schnell steckte ich sie weg, aber keiner setzte sich neben mich.

Vielleicht sollte ich meinen Rucksack vom Nebensitz nehmen? Aber keiner hatte protestiert. Ich nahm den Rucksack auf den Schoß, trotzdem blieb der Sitz leer. Dann nahm ich auch noch das Furzkissen weg, das hatte ich ganz übersehen.

Wieder stiegen Leute zu und standen inzwischen im Mittelgang dicht gedrängt. Ich deutete auf den freien Platz neben mir, aber niemand reagierte.

Nun gab es nur noch eine Erklärung. Ich war zu hässlich. Deshalb wollte sich niemand neben mich setzen. Ich sah mich um, da waren Leute, die waren noch viel hässlicher. Das war es also auch nicht.

Inzwischen hatte der Bus mein Fahrziel erreicht und ich stieg aus. Als ich zurückschaute, kämpften Leute um die nun frei gewordenen zwei Sitzplätze. Und ich weiß immer noch nicht, warum keiner neben mir sitzen wollte. Das bleibt wohl ewig ein Geheimnis.

48. Ich fahre mit dem Bus seit 1960
Körper an Körper,
heißen Atem spüren,
Gerüche warnehmen,
rein und raus,
vorne und hinten?
Das ist Busfahren.

Als Lehrling fuhr ich ab 1960 täglich mit dem Bus zur Arbeit. Damals hatten die meisten Leute noch kein Auto und alle waren auf die Busse angewiesen. Außerdem gab es noch keine gleitende Arbeitszeit. Alle fingen morgens um 7.00 Uhr an.

Im hinteren Teil des Busses war eine Plattform mit einer Griffstange an den Wänden. Das war der Platz für uns Jugendliche. Die Sitzplätze waren für die Erwachsenen und wir versuchten erst gar nicht, irgendwo hinzusitzen.

Im Bus wurde weder gegessen noch getrunken. Das hat sich heute alles geändert. Heute essen manche Fahrgäste ungeniert im Bus ihren Döner. Obwohl das nicht erlaubt ist, hält sich keiner daran. Gerade im Sommer, wenn es im Bus heiß und der Bus auch noch überfüllt ist, ist es eine Zumutung für die anderen Fahrgäste. Die Fleischstückchen aus dem Döner landen zusammen mit der Knoblauchsoße auf dem Boden und verbreiten im Bus üble Gerüche.

Eine weitere Zumutung ist das laute Telefonieren. Mich interessieren doch nicht die Beziehungsprobleme dieser Typen.

Jugendliche benutzen ihr Handy oder Smartphone inzwischen nicht mehr zum Telefonieren. Sie hören damit laute Musik, ohne Kopfhörer. Fahrgäste, die mit Hip Hop, Rap oder Techno nichts anfangen können, werden traumatisiert.

Unglaublich, was manche mitbringen und den Bus als Transportmittel benutzen. Waschmaschinen, Fernseher, Couch-Garnituren, Matratzen oder Sofas. Wer glaubt, das sei erfunden, sollte öfter mal mit dem Bus fahren. Der Platz reicht ja noch nicht mal für Kinderwagen, Rollatoren und Trollys.

Wenn man dann auch noch zusieht, wie Fahrgäste in der Nase popeln und auch nicht aufhören, wenn man sie direkt anschaut, vergeht einem das Busfahren.

Manche bringen auch Hunde mit in den Bus. Dagegen ist nichts einzuwenden. Aber wenn es plötzlich anfängt zu stinken, weiß man nicht, hat da einer einen fahren lassen oder war es der Hund. Es ist immer der Hund.

Neuerdings bringen sie auch Fahrräder mit in den Bus hinein. Obwohl das erst ab 19.00 Uhr erlaubt ist, hält sich keiner dran. Sind heut alle zu faul zum Radfahren?

Obwohl in den Gelenkbussen genügend Platz ist, man muss nur nach hinten durchgehen, quetschen sich Leute vor die Türen und weichen keinen Zentimeter, wenn man aussteigen will. Überall sind Schilder Bitte nach Hinten durchgehen, aber die sind in deutscher Sprache und die kann keiner mehr lesen.

Heute bleiben Kinder und Jugendliche sitzen und die Älteren müssen stehen. Da läuft doch irgendetwas schief. Am Schlimmsten ist es kurz nach 13.00 Uhr, wenn alle Schulen aus sind. Die Schüler drängen sich an den Haltestellen rücksichtslos vor und rennen einen fast über den Haufen. Bis die Älteren eingestiegen sind, ist kein Sitzplatz mehr frei und keiner steht auf.

Vorne rein, Hinten raus. Diese Regelung gibt es auch in anderen europäischen Ländern. Nur hält man sich dort auch daran. In unserer Jugendzeit stiegen alle hinten ein und vorne aus. Wir mussten ja am Schaffner vorbei und der saß hinten.

Heute stehen die Leute an der Haltestelle und sobald der Bus die Türen öffnet quetschen sie sich hinten herein und lassen keinen mehr aussteigen. Dabei ist es doch logisch, je mehr rausgehen, um so mehr Plätze werden frei. Haben die Menschen verlernt, logisch zu denken.

Es gab mal eine Zeit, da waren die Menschen rücksichtsvoller und höflicher zueinander. Aber das ist schon lange her, sehr lange.

49. Neues vom Linienbus
Achte nicht auf das, was andere tun,
sondern auf das, was sie nicht tun.

Ich stand mal wieder im Zentrum an der Haltestelle. Um mich herum standen viele Fahrgäste, die auch auf ihre Linie warteten. Es war regnerisch und ein unangenehmer Wind machte das Warten nicht angenehmer. Es war saukalt und der Bus hatte mal wieder Verspätung. Plötzlich fuhren drei grosse Stadtbusse auf unsre Haltestelle zu. Die Fahrgäste gingen bereits in Position um als erste einzusteigen. Der erste Bus fuhr vorbei.

Auf der Stirnseite stand *Sonderfahrt*. Der zweite Bus kam heran und fuhr ebenfalls vorbei. Auf ihm stand *Leerfahrt*. Dann kam der dritte und fuhr ebenfalls vorbei. Auf ihm stand *Betriebshof*. Jetzt waren die wartenden Fahrgäste erst recht sauer. Endlich kam unser Bus und alle quetschten sich hinein. Ich hatte Glück und erwischte noch einen Sitzplatz ganz hinten. Hinter mir saßen zwei kleine Mädchen. Mit ihren Füßen traten sie ständig gegen meine Rückenlehne. Dabei sangen sie ein Lied, aber immer die gleiche Strophe: *Der Has isch dod, der Has isch dod*. Ich drehte mich um und wollte etwas sagen. Da streckten beide die Zunge heraus und machten: *Bäh*. Gegen die Beiden konnte ich nicht gewinnen. Inzwischen hatte ich mein Fahrziel erreicht und drückte den Knopf, damit der Bus anhielt. Der Fahrer ignorierte meinen Wunsch und fuhr einfach weiter. An der nächsten Haltestelle war er gnädig und ließ mich aussteigen. Bei strömendem Regen musste ich nun zurücklaufen. Nachdem ich alles erledigt hatte wollte ich zurückfahren und wartete an der Haltestelle. Der Bus kam tatsächlich pünktlich und fuhr vorbei, ohne anzuhalten. Der nächste Fahrer hatte ein Einsehen und ließ mich einsteigen. Schon bald merkte ich, dass ich einen Ralleyfahrer erwischt hatte. Er fuhr mit Höchstgeschwindigkeit auf die nächste Haltestelle zu und drei Meter vor der Haltestelle stieg er voll auf die Bremsen. Ein altes Mütterchen, das gerade aussteigen wollte flog an mir vorbei. Geistesgegenwärtig bekam ich ihre Tasche zu fassen und verhinderte dadurch ihren Sturz. Sie zeigte mir ihre Dankbarkeit, indem sie mir die Tasche über den Schädel haute. Sie meinte wohl, ich wollte ihre alte, abgewetzte Tasche klauen. So etwas mache ich doch schon lange nicht mehr.

Dann bekam ich auch noch einen Wadenkrampf und machte Anstalten aufzustehen. Die Dame neben mir meinte: *Ja, ja, ich steige auch aus und blieb sitzen*. Meine Schmerzen wurden immer heftiger und ich bat die Dame: *Bitte lassen sie mich doch heraus*. Sie blieb sitzen wie ein Felsblock und meinte: *Wir sind noch nicht da*. Jetzt war es mir zu dumm und ich sagte: *Ich muss gleich kotzen, wenn sie nicht aufstehen kotze ich über ihr Kleid*. Das wirkte und sie hatte es nun eilig, von ihrem Platz aufzustehen.

In den nächsten Tagen fuhr ich noch öfter mit dem Bus und machte eine Erfahrung. Wenn man keine Einkaufstaschen dabei hat sind 30 Sitzplätze frei. Ist man aber beladen wie ein Packesel und hat müde Beine ist der Bus gerammelt voll und keiner steht auf. Der einzige Sitz, der noch frei ist, ist ganz hinten und er ist aufgeschlitzt und mit Kaugummi verklebt.

Am selben Tag musste ich wieder den Bus nehmen. Diesmal war er völlig überfüllt. Unter Einsatz meiner Ellbogen hatte ich mir noch einen Sitzplatz neben einer Schülerin ergattert. Eine andere Schülerin zu meiner Linken fragte mich, ob wir nicht die Plätze tauschen könnten. Sie würde gerne neben ihrer Freundin sitzen. Natürlich willigte ich ein und wir tauschten.

Kaum hatte ich Platz genommen, kotzte mir ein kleines Mädchen aus der Reihe hinter mir auf den Kopf. Die beiden Freundinnen, wegen denen ich getauscht hatte, fanden das irre komisch und ich war der Depp.

An der nächsten Haltestelle stiegen sie aus, nicht ohne sich nochmal umzudrehen und auf mich zu deuten. Bestimmt würden sie das jetzt überall rumerzählen, oder noch schlimmer, im Internet posten.

Aber ich rege mich nicht mehr auf. Ich lasse alles an mir abprallen. Ich bin der Mann mit dem Lotos-Effekt. Aller Ärger prallt an mir ab. Aber mit dem hundsmiserablen verdammten beschissenen Bus fahre ich nicht mehr.

50. Goldrausch
Es geht einfach oder
es geht einfach nicht.

Eines Tages wurden entlang der Nagold an verschiedenen Stellen kleine Goldkörner gefunden. So etwas verbreitet sich im Internet rasend schnell und schon kamen die ersten Goldsucher angereist.

Die Gemeinden, die am Fluss die Wasserrechte besaßen machten daraus ein Geschäft und verpachteten sogenannte Claims entlang des Flusses.

Aus der Fernsehserie Goldrausch in Alaska wusste ich genau, wie man Gold wäscht und wollte auch von dem Goldrausch profitieren.

Um Gold zu waschen kann man nicht einfach mit Eimer und Schaufel an den Fluss gehen. Man braucht dazu eine entsprechende Ausrüstung.

Schon tauchten überall Händler auf, die sich am Verkauf von Pfannen, Hacken, Werkzeugen, Zelten und Mini-Waschrinnen eine goldene Nase verdienten.

Ich versorgte mich mit allem Nötigsten, das kostete mich über 1000 Euro. Ich musste also mindestens eine Unze Gold finden. Ich siebte und wusch eine Woche lang Sand und Dreck und fand - Nichts.

Dann wollte ich mir auch noch einen Esel zulegen. Nur ein Goldgräber mit einem Esel ist ein echter Goldgräber. Vorher informierte ich mich genauer über das Gewässer. In der Nagold wurde bisher noch nie Gold gefunden. Nun war mir klar, wer der Esel war. Es gab im Fluss gar kein Gold.

An einem Abend saß ich in der Kneipe mit einem der Händler zusammen. Es gelang mir ihn abzufüllen und er wurde redselig. Er verriet mir, dass die Händlergemeinschaft regelmäßig ein paar Gramm Goldgranulat an verschiedenen Stellen am Fluss verstreute. Diese wurden auch von Insidern - rein zufällig - am nächsten Morgen gefunden.

Ich verkaufte meine Ausrüstung und war nun um Tausend Euro ärmer, dafür um eine Erfahrung reicher.

51. Der obszöne Anruf
Eine Hälfte der Menschheit
will abnehmen, die andere
Hälfte verhungert.

Ich hatte gerade Besuch von meiner Diätberaterin. Sie wollte für mich einen neuen Diätplan ausarbeiten, da ich nach dem letzten Plan zugenommen hatte. Plötzlich läutete mein Festnetztelefon. Wahrscheinlich war es wieder einer dieser Werbeanrufe. Ich nahm den Hörer ab und meldete mich. Der andere Teilnehmer sagte keinen Namen sondern fing gleich an zu reden:

Eine riesige Schweinshaxe, Spanferkel mit Knödel und Speckkartoffeln, Prager Schinken im Teigmantel, Schwäbischer Rostbraten mit Kartoffelsalat, Mastente und ein Fäßchen Bier, eine ganze Schwarzwälder Torte, Vanillepudding mit Schokostreusel, ein großer doppelter Eisbecher mit Schlagsahne.

Ich war inzwischen ganz blass geworden und legte auf. Meine Diätberaterin fragte:

Was war das? Ich stöhnte: *Ein obszöner Anruf.*

52. Wo verstecke ich mein Geld?
*Wenn du dein Geldversteck
nicht mehr findest,
war es ein gutes Versteck.*

Die meisten haben damit kein Problem, weil sie kein Geld haben. Bei mir ist das etwas anderes. Die niederen Zinsen und die Androhung von Minuszinsen verleiten mich dazu mein Geld zu Hause zu bunkern, anstatt es auf der Bank zu lassen. Doch das ist riskant. Einbrecher haben es vor allem auf Bargeld abgesehen und sind sehr findig, wenn es darum geht, Geldverstecke aufzuspüren.

Ein Einbrecher braucht 3 Minuten, um eine Wohnung zu durchsuchen. Für ein Einfamilienhaus reichen ihm 8 Minuten. Es gibt sogenannte Lieblingsverstecke die am häufigsten benutzt werden. Das wissen die Einbrecher.

Da wäre der Kühlschrank. Hier verstecken die meisten Deutschen ihr Geld. Auf Platz zwei folgt der Kleiderschrank. Dann Betten und Matratzen, Vorratsdosen, der Schuhschrank, Spardosen, Schmuckdosen und auch der Spülkasten im WC, in dem sonst nur die Drogen versteckt werden.

Ein alter Koffer auf dem Dachboden wäre ein gutes Versteck. Aber unser Haus hat keinen Dachboden mehr. Und die klassischen Verstecke, hinter Bilderrahmen, in der Kaffeekanne oder in den Socken werden von den Einbrechern als erste gefunden.

Ich könnte Geldscheinbündel zwischen den Seiten eines dicken Buches verstecken, aber erfahrene Einbrecher räumen das Bücherregal komplett ab, dann fallen Scheine auch aus Buchattrappen heraus.

Kochtopf, Keksdose oder Vorratsschrank, da hat Geld im Alltag nichts zu suchen. Diese Verstecke durchsuchen Einbrecher garantiert zuerst.

Mancher versteckt sein Geld auch im Kamin. Wird dann einmal ein Feuer gemacht verbrennt die ganze Geldreserve. Aber ich habe keinen Kamin.

Wer glaubt, er könnte sein Geld im Garten vergraben, rechnet nicht mit dem Nachbarn, der ihn beobachtet und in der Nacht alles wieder ausbuddelt.

Die älteste Idee ist die Matratze oder das Kopfkissen. Hier ist überhaupt nichts sicher.

Es gibt kein Versteck, das der Einbrecher nicht kennt. Auch Hohlräume hinter der Wandverkleidung findet er sofort.

Ich könnte das Geld auch in einem alten PC verstecken. Im Gehäuse ist viel Platz. Aber ich muss damit rechnen, dass der Einbrecher den PC sowieso mitnimmt. Also kein guter Platz.

Zuhause gibt es kein sicheres Versteck, deshalb ist es am Besten, wenn ich ein Bankschließfach miete und dort Geld und Schmuck deponiere. Also bringe ich es doch wieder zur Bank zurück. Das ist ja ein Teufelskreis.

Einbrecher stehen unter Zeitdruck. Um alles schnell zu durchsuchen reißen sie alle Schubladen und Schränke auf und kippen alles auf den Boden. Meistens hinterlassen sie ein fürchterliches Chaos, finden aber das versteckte Geld trotzdem. Das kann ich verhindern, wenn ich innen an der Tür eine Nachricht anbringe, wo das Geld versteckt ist. Der Einbrecher findet nun das Gesuchte schnell und lässt eine saubere Wohnung zurück. Die Liste sollte aber in mehreren Sprachen sein: deutsch, englisch, italienisch, türkisch, rumänisch, bulgarisch, arabisch und polnisch.

Ich kann auch einen Köder auslegen. Gut sichtbar auf dem Tisch zwei Hunderter und etwas billiger Schmuck. Am Besten in einem Teller. Wenn der Einbrecher das gleich sieht, verzichtet er auf eine weitere Durchsuchung und verlässt die Wohnung. Natürlich ist das bei Profis nicht sicher, aber bei Gelegenheitseinbrechern wirkt es.

Ich kann mein Geld auch verschenken, dann kann es nicht mehr gestohlen werden. Oder ich verleihe es an Freunde oder Verwandte, dann sehe ich es auch nicht wieder.

Dann geht es nicht nur ums Geld, sondern auch um die Geräte. Ich habe jetzt beim Fernseher und beim Computer deutlich sichtbar das Baujahr angebracht. Alte Geräte lassen sich nicht verkaufen und werden nicht mitgenommen.

Als letztes Mittel kann ich noch gut sichtbare Hinweisschilder anbringen. Hier eine kleine Auswahl:

Wohnung wird Video überwacht.
Mein ganzes Geld hat das Finanzamt.
Mein Geld hat meine geschiedene Frau.
Mein Onkel ist der örtliche Mafia-Boss.
Achtung, Hugo (Giftschlange) ist ausgebüxt.

Vorsicht, Otto (Tarantel) lauert im Regal.

An den Einbrecher: es ist kein Geld in der Wohnung. Lege bitte 10 Euro auf den Tisch, als kleine Spende.

53. Versteckte Hinweise
Ich sehe das Objekt,
wie es ist und nicht
wie es sein soll.

Als ich vor fast 20 Jahren nach einer Wohnung suchte studierte ich ein halbes Jahr die Angebote in der Zeitung. Diese kamen aber nur in der Samstagausgabe und waren überschaubar.

Ich suchte gezielt nach einer kleinen Eigentumswohnung und stieß immer wieder auf dieselben Angebote. Entweder waren sie in einem Problemviertel oder im 6. Stock ohne Fahrstuhl.

Ich fand dann doch eine Wohnung, aber nicht über die Zeitungsinserate sondern über die Bank.

Inzwischen ist man nicht mehr auf die Zeitung angewiesen. Inserate sind teuer und deshalb ist die Beschreibung meistens abgekürzt.

Im Internet gibt es diese Beschränkung nicht. Dort werden täglich neue Objekte angeboten, genau beschrieben und abgebildet. Man sieht die Zimmer und sogar den Bauplan. Es gibt Informationen zum Baujahr des Hauses und zur Lage.

Das sieht alles gut aus, wären da nicht diese versteckten Formulierungen, die von Maklern gerne verwendet werden. Nur einige Beispiele: Liebhaberobjekt, Lichtdurchflutet, zentrale Lage, Loft, Maisonette, Cachet, WG-tauglich, Wintergarten, Nette Nachbarn, Renovierungsbedürftig, Autobahnanschluss, erster Monat mietfrei, Toller Ausblick, Handwerkerwohnung, absolut ruhig, viele Einkaufsmöglichkeiten, 10 Autominuten bis zur City. Was steckt hinter diesen Floskeln?

Ich konnte mit diesen Begriffen bisher nichts anfangen. Ich suche auch keine neue Wohnung, aber ich bin neugierig. Deshalb habe ich mich informiert und bin schockiert. Einige Wörter habe ich schon gehört, aber mir nichts dabei gedacht. Deshalb hier die Auflösung der wichtigsten Begriffe.

Liebhaberobjekt. Das ist eine schöne Umschreibung für baufällige, sehr renovierungsbedürftige Häuser.

Lichtdurchflutet. Das bedeutet leider auch, dass die Nachbarn einen Panoramablick in mein Wohnzimmer haben.

Zentrale Lage. Das bedeutet, ich muss mit Verkehrslärm und anderem Stadtlärm rechnen.

Loft. Eine Loft sieht zwar cool aus hat aber Nachteile. Die Wohnfläche besteht aus einem großen Raum und ist kaum unterteilt.

Maisonette. Eine Maisonette-Wohnung hört sich gut an, bedeutet aber nichts anderes, als dass die Wohnung auf zwei Stockwerke verteilt ist. Mitten im Raum führt dann eine Treppe nach oben.

Cachet. Vorsicht bei Cachet. Die Wohnung hat Ecken und Winkel und viele Möbel passen überhaupt nicht hinein.

WG-tauglich. Wohngemeinschaften sind eigentlich nicht gerne gesehen. Steht aber WG-tauglich im Inserat, versucht man, überteuerte Wohnungen doch noch loszuwerden.

Wintergarten. Bei Wintergarten denkt man an Pflanzen und Liegestühle. Leider sind viele Wintergärten nicht mehr als verglaste Balkone, in denen sie im Winter frieren und im Sommer schwitzen.

Nette Nachbarn. Wer wünscht sich nicht nette Nachbarn. Das bedeutet aber auch Kindergeschrei und Komposthaufen.

Renovierungsbedürftig. Die Wohnung ist in keinem guten Zustand und wurde seit Jahren nicht renoviert.

Autobahnanschluss. Die Immobilie befindet sich direkt oder nah der Autobahn. Wer eine ruhige Wohnung sucht kann sich die Besichtigung sparen.

Ungewöhnlich geschnitten. Das kann bedeuten, dass es sich um eine Dachgeschosswohnung handelt, deren Decken so schräg sind, dass man keine Regale, Schränke oder Möbel unterbringen kann.

Erster Monat mietfrei. Wohnungen sind immer hoch begehrt. Wenn so eine Wohnung einen Monat mietfrei angeboten wird, kann das nur bedeuten, dass hier niemand freiwillig einziehen würde.

Toller Ausblick. Entweder eine Dachgeschosswohnung, oder eine Wohnung im obersten Stock eines Plattenbaus.

Handwerkerwohnung. Die Wohnung ist in einem katastrophalen Zustand. Wasser,

Strom, und Heizung funktionieren nicht und die Tapete fällt von der Wand. Sie eignet sich nur für einen Handwerker der bereit ist, die Reparaturen für mehrere Monate mietfrei zu übernehmen.

Absolut ruhig. Wer wünscht sich das nicht. Ungewöhnlich ist aber das Wort absolut. Wahrscheinlich ist der nächste Supermarkt kilometerweit entfernt und keinerlei Restaurant in der Nähe.

Viele Einkaufsmöglichkeiten. Die Wohnung liegt direkt in der Fußgängerzone.

10 Autominuten bis zur City. Klingt doch gut, oder? Bedeutet aber auch, dass man mit öffentlichen Verkehrsmitteln kaum nach Hause kommt.

Wenn sie in dem Inserat keine dieser Formulierungen finden haben sie die richtige Wohnung.

54. Hotel zum Goldenen Bullen
Hoffe auf das Beste,
aber sei auch auf das
Schlimmste gefasst.

Eigentlich weiß man über das Gefängnis nichts. Im Fernsehen kommt zwar "Hinter

Gittern", aber ich glaube in Wirklichkeit ist es im Knast viel schlimmer.

Ich war im Leben noch nie im Gefängnis. Aber man sollte niemals nie sagen. Bei meiner Einstellung zu den Einwanderern und zur Regierung ist es schon möglich, dass ich mal für ein paar Tage, Wochen oder Monate einfahren muss. Deshalb ist es wichtig, dass ich mich vorab über das Wichtigste informiere, damit ich vorbereitet bin. Natürlich könnte ich auch einen aus dem Bekanntenkreis fragen, aber im Moment hat keiner Freigang.

Ich fange mal mit dem Termin an. Wann muss ich einrücken? In der Regel bekommt man eine Einladung zum Haftantritt. Normale Einladungen kann man ablehnen, diese aber nicht. Es kommt ganz darauf an, wo gerade etwas frei geworden ist.

In der Einladung steht, bei welcher JVA ich anzutreten habe. Das muss bis spätestens 14.00 Uhr geschehen. Zum Strafantritt muss ich die Einladung und den Personalausweis mitbringen. Außerdem darf ich nicht unter Einwirkung von Alkohol oder Drogen erscheinen. Das macht keinen guten Eindruck. Mit Mut antrinken ist also nichts.

Der Einladung liegt eine Liste der erlaubten Gegenstände bei, die ich mitbringen darf. Anstaltskleidung bekomme ich gestellt. Ich brauche lediglich Unterwäsche, Socken, Schlafanzug und T-Shirts. Es ist genau geregelt, wieviel Kleidung, Schuhe, Handtücher und Bettwäsche ich mitbringen darf.

Natürlich darf ich auch Brillen mitnehmen, aber keine Sonnenbrillen. Außerdem Arzneimittel (ärztlich verordnet), Mittel zur Körperpflege, Religiöse Gegenstände und Bargeld.

Elektrische Geräte sind beschränkt auf Rasierapparat, Bartschneider und Wasserkocher. Radio und Fernsehgeräte kann ich dann bei der JVA mieten oder kaufen.

Schmuck lasse ich besser zu Hause. Erlaubt ist eine Armbanduhr, ein Ehering und drei weitere Schmuckstücke. Der Gesamtwert der Schmuckstücke darf aber 250 Euro nicht überschreiten.

Alles was ich zu viel mitnehme, wird in der JVA eingelagert. Dies gilt auch für alle Nahrungs- und Genussmittel.

Diese Liste dient nur als grobe Information und ist von JVA zu JVA unterschiedlich. Außerdem spielen noch andere Faktoren mit.

Wer hat gerade Dienst?

Warum muss ich einfahren?

Wurde ich verhaftet oder kam ich freiwillig?

Alles was von der Liste abweicht kommt erst auf die Kammer. Nach einer Woche kann ich beantragen, dass die Sachen ausgehändigt werden. Manchmal bekommt man sie sogar.

Nun die Aufnahmeprozedur. Zuerst komme ich in eine Zugangszelle, für Minuten, Stunden oder einen ganze Nacht. Diese Zelle ist meistens ganz besonders scheußlich und verdreckt. Ein Vorgeschmack auf die nächsten Wochen. Der Sinn dieser Zelle ist, mich von vornherein einzuschüchtern und kleinzukriegen.

Die nächste Station ist die Kammer. In manchen Gefängnissen wird sie auch als Hausvaterei und der dort tätige Beamte als Hausvater bezeichnet.

Nun muss ich mich nackt ausziehen und die Klamotten und mein ganzer Körper wird nach Waffen, Ausbruchswerkzeug, Geld und Ungeziefer abgesucht. Das ist total entwürdigend. Anschließend darf ich duschen und bekomme meine Klamotten zurück.

Was ich sonst noch unerlaubt dabei habe, wird als Asservaten beschlagnahmt und kommt in die Asservatenkammer.

Egal, wie lange ich in der JVA bleiben muss, für die Entlassung wird schon vorgesorgt. Von meiner Kleidung wird ein Satz zurückbehalten und verwahrt. Das bedeutet, 1 Hose, 1 T-Shirt, 1 Pullover oder Jacke, 1 Paar Schuhe. Schließlich soll ich die Anstalt nicht schlampig verlassen.

Nach all diesen Informationen bin ich bereits eingeschüchtert und werde in Zukunft noch vorsichtiger sein, damit ich niemals einfahren muss.

55. Wendepunkte
Wenn man mit 70 morgens aufwacht
und es tut nichts weh, ist man tot.

Es heißt ja, alle sieben Jahre verändert der Mensch seine Gewohnheiten. Auch er selbst verändert sich körperlich. Nun, zumindest ist er jedesmal sieben Jahre älter. Aber es gibt im Leben Wendepunkte, die alles verändern. Diese kommen aber nicht im Abstand von sieben Jahren. Der Abstand kann kürzer oder länger sein. Oft reicht ein Anstoss um jahrelange Gewohnheiten zu ändern.

Wenn ich zurückblicke war mein Leben doch überschaubar und langweilig. Ich ging arbeiten, abends zum Stammtisch, am Wochenende zum Kegeln und Kartenspielen. Immer derselbe Trott jahraus - jahrein.

Und ich wollte eigentlich auch keine Veränderung. Doch manchmal hatte ich einen lichten Moment und fragte mich, ist auch alles richtig was ich mache? Zu Veränderungen braucht man Mut oder einen Wink mit dem Zaunpfahl.

Den Wink bekam ich an einem Faschingsdienstag. Ich musste an dem Tag arbeiten und kam erst am späten Nachmittag nach Hause. Der Faschingsumzug war bereits vorbei und die Überlebenden saßen in den Kneipen. Gegen 18 Uhr ging ich in meine Stammkneipe. Dort saß noch eine größere Gruppe Bekannter und alle waren blau. Ich dagegen war stocknüchtern. Das passte schon mal gar nicht zusammen.

Als ich sah, wie sich die Betrunkenen verhielten war ich schockiert. War ich denn genauso, wenn ich etwas getrunken hatte? Habe ich auch solch einen Unsinn dahergeredet?

Ich sagte zu mir, wenn ich mein Leben nicht ändere bleibe ich genau da, wo ich jetzt bin. Und in 10 Jahren ist alles genauso wie heute und ich sitze mitten in diesem Haufen.

Ab sofort wollte ich keinen Alkohol mehr trinken, egal was die anderen über mich denken. Am nächsten Tag fing ich damit an. Ich ging zwar immer noch zum Stammtisch, aber während die anderen immer betrunkener wurden blieb ich nüchtern. Die ersten Tage musste ich mir noch die Spötteleien anhören. Aber irgendwann wurde es meinen Kumpeln zu blöd und sie gewöhnten sich daran, dass ich nur noch Alkoholfreies trank.

Eines abends am Stammtisch fragte ich mich, was mache ich eigentlich hier. Die anderen werden immer betrunkener und reden nur noch Blödsinn. Außerdem reden sie jeden Tag dasselbe. Mit meiner Freizeit konnte ich doch etwas besseres anfangen. Ich begann mich vom Stammtisch zurückzuziehen und ging nicht mehr jeden Abend, sondern nur noch am Freitag und am Sonntag. Dann strich ich auch den Freitag und am Ende ging ich überhaupt nicht mehr zum Stammtisch. Das alles geschah 1989 und war mein erster Wendepunkt. Damals wurde ich zum Antialkoholiker und bin es heute noch.

Der nächste Wendepunkt kam 1992. Meine Zähne waren in einem schlechten Zustand und ich musste sie unbedingt machen lassen. Dafür musste ich erst einmal Geld sparen. Bekannte, die dasselbe gemacht hatten, erzählten am Stammtisch was ihre Zähne gekostet hatten. Da fielen Summen zwischen 20.000 und 30.000 Mark. Ich Trottel glaubte es auch noch und wollte mein Vorhaben schon aufgeben. Dann riss ich mich zusammen und fing an eisern zu sparen. Ich rechnete mit etwa 10.000 Mark, die mich das kosten würde. Als ich das Geld zusammen hatte meldete ich mich beim Zahnarzt an. Es dauerte ein halbes Jahr, bis alles fertig war und ich musste nur einen Anteil von etwa 5.000 Mark bezahlen. Ich hatte also noch Geld übrig. Nachdem ich in keine Kneipe mehr ging fiel es mir leichter, weiter zu sparen. Mein Ziel war eine kleine Eigentumswohnung.

Dann kam der dritte Wendepunkt 1998. Ich dachte, das Leben besteht nicht nur aus arbeiten. Wenn ich morgens aufwache und nur an die Arbeit denke bin ich in Wahrheit bereits tot. Ich kündigte meinen Job und nahm meine

Abfindung für 28 Jahre Betriebszugehörigkeit. Zusammen mit einem Bausparvertrag und diversen Geldanlagen reichte es für die kleine Eigentumswohnung.

Der vierte Wendepunkt kam im Jahr 2000. Ich nahm mir vor, nicht mehr zu rauchen. Bis jetzt habe ich das 16 Jahre lang durchgehalten.

2001 kam der nächste Wendepunkt. Ich ging in keine Kneipe mehr, hörte mit dem Kegeln auf und ging auch nicht mehr zum Kartenspielen. Das Autofahren hatte ich schon lange vorher aufgegeben. Nun hatte ich viel Zeit und begann Bücher zu schreiben. Jedes Jahr ein Buch, inzwischen bin ich schon bei Nummer 16.

Nun kamen die Wendepunkte in immer kürzeren Abständen. 2002 begann ich mehr auf meine Gesundheit zu achten. Im Sommer fuhr ich jeden Tag mit dem Fahrrad ins Freibad und schwamm 1000 Meter.

Aber nun 2016 bin ich wieder an einem Wendepunkt angekommen. Ich nahm mir vor, nicht mehr so viel vor der Glotze zu sitzen. Das fällt mir auch nicht schwer, die Programmgestalter machen es mir leicht.

Ich denke immer positiv und bin voller Ideen für weitere 20 Bücher. Es gibt sicher noch einige Wendepunkte bis ich 100 Jahre alt bin, da lasse ich mich überraschen.

56. Nervige Aliens
Zwei Aliens gingen in den Fluß,
weil jeder einmal baden muss.
Der eine ist versoffen,
vom anderen woll'n wir's hoffen.

Nehmen wir mal an, mitten in Pforzheim sind Aliens gelandet. Sie sehen aus wie Schlümpfe und kichern ständig. Was wären wohl ihre ersten Worte beim Anblick der Menschen in der Stadtmitte.
- Würden sie sagen: *Die sind aber hässlich?*
- Oder würden sie sagen: *Sind die aber fett?*
- Nein, sie würden sagen: *Leck mich am Arsch, die sind ja genauso bescheuert wie wir.*
- Vielleicht würden sie auch sagen: *Die haben ja die Nase mitten im Gesicht. Wie abartig.*
- Sie könnten aber auch sagen: *Seht mal, die kleinen bunten Zwerge. Die machen ja komische Geräusche.*

- Sie könnten aber auch sagen: *Schaut nur, wie aufgeregt die Äffchen sind. Das ist also der Planet der Affen.*
- Vielleicht würden sie auch sagen: *Und wir dachten, hier gibt es intelligentes Leben?*
- Nein, das würden sie alles nicht sagen, sondern viel banaler: *Wo ist hier das Klo?*
- Oder: *Wo gibt's hier ne Currywurst?*
- Im schlimmsten Fall würden sie fragen: *Wo geht's hier zum Sozialamt?*
- Vielleicht würden sie auch bemerken: *Oh, hier gibt es ja einen Saturn.*
- Alles wäre möglich. Aber ich glaube sie sagen etwas ganz anderes: *Wir haben uns verflogen, wo bitte geht's zur Andromeda-Galaxis?*
- Oder: *Schon wieder falsch abgebogen. Blödes Navi.*
- Auf jeden Fall würden sie sagen: *Finger weg von unserem Raumschiff.*
- Oder sie würden sagen: *Lasst uns schnell den Güllebehälter leeren und wieder abhauen, ehe wir Ärger kriegen.*
- Es könnte aber auch sein das sie nur sagen: *Hoid die goschn, oda i scheiss da in die pappn.*

Wir müssen auf alles vorbereitet sein. Vielleicht haben sie uns schon mal besucht und wir haben es nicht bemerkt? Oder sie sind bereits unter uns. Schaut euch die Leute um euch herum deshalb genau an.

57. Die reale Welt
Wer keine Dummheit macht,
macht auch nichts Gescheites.

Heute bewegen sich die Jugendlichen in einer virtuellen Welt. Ihre Abenteuer erleben sie mit Computerspielen und bewegen sich in einer Scheinwelt. Von der realen Welt bekommen sie nur noch wenig mit.

In meiner Jugend gab es noch keine Computer, keine Playstation, keine Handys und keine Smartphones. Ja noch nicht mal Fernsehen. Mit was haben wir uns damals beschäftigt? Wurde uns langweilig? Nein, wir hatten Phantasie und waren Abenteuerlustig.

In unserem Ort gab es drei Burgruinen. Die Rabeneck, die Kräheneck und die Hoheneck. Am besten erhalten war die Burg Rabeneck. Wir dachten an verborgene Schätze, an Dolche, Schwerter und Rüstungen, die in der Ruine verborgen sind. Der Eingang zur Ruine war zwar verschlossen, aber das hinderte uns nicht daran, hineinzukommen. Wir durchstöberten wochenlang die alte Burg, fanden aber keine Schätze. Trotzdem war es für uns ein Abenteuer, denn was wir taten war ja verboten.

Oberhalb der Rabeneck war die Burg Kräheneck. Davon stand nur noch die große Wehrmauer. Der Rest war eingestürzt. Für uns Kinder war es aber ein toller Spielplatz.

Dann war noch die älteste Ruine, die Hoheneck. Dort waren nur noch ein paar Mauerreste übrig. Alles andere war bereits überwachsen. Wir nahmen Schaufeln und Hacken mit und fingen an zu graben. Wir fanden ein paar Tonscherben, eine Pfeilspitze und Knochen. Wahrscheinlich hatte dort einer seinen Hund vergraben.

Auch wenn wir sonst nichts fanden, wir haben etwas gemeinsam unternommen und darauf waren wir stolz.

Unsere Eltern wussten nicht mal, wo wir tagsüber sind. Wir mussten nur vor Einbruch der Dunkelheit zu Hause sein. Manchmal wurde es knapp. Wir hatten ja keine Uhren, nach denen wir uns richten konnten.

Nachdem wir in unseren Burgen nichts fanden gaben wir nicht auf. Wir fuhren mit unseren Rädern ins Würmtal. Dort stand auch noch eine Burgruine, die Liebeneck. Auf der Straße konnten wir ohne Gefahr hinfahren. Manchmal kam uns nur ein Auto entgegen, meistens keines.

Nachdem wir in den Burgen nichts Brauchbares fanden entdeckten wir neue Möglichkeiten. Während des zweiten Weltkrieges wurden bei uns Luftschutzstollen in den Berg getrieben. Einer war unterhalb des Kurhotels, einer in Höhe des Freibades, einer an der Endhaltestelle des Stadtbusses und im Hinteren Tal sogar mehrere.

Gegen Kriegsende gab es immer wieder durch die Sirenen Alarm und die Menschen flüchteten in diese Stollen. Meistens kam aber nur ein einzelner Bomber und warf ein paar Bomben ab.

Als der Krieg zu Ende war brauchte man diese Stollen nicht mehr. So nach und nach stürzten sie an manchen Stellen ein und es war streng verboten, hineinzugehen. Das hielt uns Kinder aber nicht davon ab.

In manchen Stollen mussten wir hineinkriechen, bis wir aufrecht gehen konnten. Wir suchten nach zurückgelassenen Dingen des Militärs. Wir vermuteten noch Waffen oder andere interessante Dinge in den Stollen. So nahmen wir uns einen nach dem anderen vor. Wir fanden natürlich nichts. Nur ein paar verrottete Gasmasken.

Wir wussten damals nicht, wie gefährlich wir lebten. Keiner wusste, dass wir in dem Stollen sind. Wäre der Eingang eingestürzt, hätte man uns nie gefunden. Eigentlich hätte einer von uns draußen bleiben sollen, aber jeder wollte hinein.

Viele Jahre später, wir gingen inzwischen alle arbeiten, brach an Stellen über den Stollen die Erde ein und es bildeten sich richtige Trichter. Das wurde gefährlich und die Stadtverwaltung beschloß, die alten Stollen auffüllen zu lassen. Ein Unternehmen wurde beauftragt die Stollen mit einer Mischung aus Beton und Zement aufzufüllen. Das dauerte einige Tage, dann waren die alten Luftschutzstollen Geschichte.

Die Burgruine Rabeneck wurde ausgebaut und diente nun als Jugendherberge. Die Ruine Kräheneck wurde ebenfalls restauriert und ist heute eine Aussichtsplattform. Die Ruine

Hoheneck ist inzwischen ganz unter der Erde verschwunden.

Aber eines ist sicher, wir hatten damals die schönsten Spielplätze, die es gab.

58. Die Dichterlesung
Der Dichter, sei er noch so munter,
schreibt immer halt nur Mist, mitunter.

Einmal wurde ich von der Buchhandlung im Zentrum eingeladen zu einer Dichterlesung. Ich sollte eine Stunde aus meinem Buch vorlesen.

Solch eine Gelegenheit darf man nicht auslassen. Es gibt zwar kein Honorar, aber es ist eine Werbung für meine Bücher. Ich nahm auch einen Stapel verschiedener Bücher mit und einen Filzschreiber für die Widmungen.

Wahrscheinlich war die Nachfrage so groß, dass die Bücher nicht ausreichten. Vor Jahren kam mal Bud Spencer in die Buchhandlung um sein neues Buch zu präsentieren. Schon am Morgen war eine Schlange von Menschen vor der Buchhandlung, die bis zum C&A reichte.

Gut, ich bin nicht Bud Spencer, aber einige werden schon erscheinen. Ich kam absichtlich zu spät um zu sehen, ob sich bereits eine Schlange gebildet hatte. Da stand kein Mensch. Waren die alle wieder gegangen?

Die Lesung war im Obergeschoß. Dort war eine Sitzgruppe mit bequemen Sesseln. Hier saßen sonst immer dieselben Leute, die Zeitungen lasen und dann auf dem Tisch liegenließen. Keiner von denen kaufte in der Buchhandlung jemals eine Zeitung.

Ich hatte einen Hocker mitten zwischen den Sesseln und konnte so alle beobachten. Ich sah mich um. Da sassen nur die Zeitungleser, die jeden Tag erschienen. Da hatte schon jeder seinen Stammplatz.

Egal, ich fing an zu lesen. Manche hörten sogar zu. Nach einiger Zeit waren die meisten jedoch eingeschlafen. An mir oder meinem Vortrag konnte das nicht liegen. Daran waren die superbequemen Sessel schuld.

Eigentlich hätten die Gäste auf Hockern sitzen sollen und ich im Sessel. Mein Vorschlag wurde aber von der Geschäftsleitung abgelehnt mit der Begründung: *Dann bleiben die Gäste wach, aber der Vortragende schläft ein.*

Zu den wenigen, die noch wach waren sagte ich: *Entschuldigen sie, dass ich so lange rede, ich habe keine Uhr dabei. Macht doch nichts*, meinte einer der Zuhörer, *hinter ihnen hängen doch die Kalender.*

Meine Dichterlesung war ein Erfolg. Allerdings verkaufte ich kein einziges Buch. Noch nicht einmal geschenkt wollten die es haben. Diese Kunstbanausen.

59. Tattoo? Ja oder Nein.
Tattoo-Spruch
Ich bin kein Klugscheißer,
ich weiß es wirklich besser.

Im Freibad sehe ich immer mehr tätowierte Menschen. Inzwischen sieht man zum teil echte Kunstwerke. Bisher galt das Arschgeweih als Zeichen für die Unterschicht. Viele hätten es gerne wieder los, aber das ist schwierig und teuer.

Nach dem Arschgeweih kam ein neuer Trend, Totenköpfe und Drachen. Manche haben auch chinesische Schriftzeichen auf der Haut und keiner weiß, was sie bedeuten sollen. Dieser Trend ist schon wieder vorbei.

Ich bin zwar schon älter, aber ich hätte noch viel Platz auf meinem Körper. Vielleicht lasse ich mir auch ein Tattoo stechen.

Zuerst informierte ich mich über den Preis. Wenn ich eine eigene Vorlage bringe verlangt ein guter Tätowierer pro Stunde 30 bis 150 Euro. Wenn der Tätowierer für mich ein Motiv entwirft kann es schon mal bis zu 500 Euro kosten. Wähle ich ein Tattoo, das den ganzen Rücken bedeckt, kann es schon mal um die 8000 Euro kosten. Bei diesen Preisen wird mir ganz schwindelig.

Dann las ich, dass diese neuen bunten Tattoos lebensgefährlich sind. Die verwendeten Farbstoffe zersetzen sich im Laufe von Jahren durch das Licht und wirken carcinogen, also krebserregend.

Außerdem verweigern Ärzte inzwischen eine Kernspin-Tomographie, wenn ein Patient Tätowierungen oder Piercing trägt. Die Farben enthalten Eisen und dadurch kann es zu Verbrennungen kommen.

Ich denke, ich lasse es bleiben. Ich bin dafür ja auch schon zu alt. Und dabei hatte ich mir schon so tolle Motive vorgestellt. Also kein Tattoo.

Um aufzufallen habe ich eine bessere Methode. Ich gehe barfuß und unrasiert durch die Stadt. In der einen Hand ein Klemmbrett, in der anderen ein Megaphon, in der dritten ein Mikrofon, mit der vierten schüttle ich jedem die Hand, der mir begegnet. Wenn jetzt einer protestiert, das sind ja vier Hände, dann sage ich nur eins: *Erbsenzähler*

60. Die Schatzkiste
Ich hinterlasse meinen Nachkommen das, was sie verdient haben, nämlich Nichts.

Inzwischen bin ich 70 Jahre alt und irgendwann fahre ich in die Grube. Ich habe es zwar nicht eilig, aber das liegt nicht in meiner Macht.

Damit meine Erben nicht die ganze Wohnung durchsuchen müssen werde ich schon jetzt eine Schatzkiste einrichten. Da kommen alle wichtigen Dinge hinein. Eine schöne Holzkiste habe ich im Keller und brauche sie nur noch zu füllen. Als Junge habe ich immer davon geträumt, einmal solch eine Schatzkiste zu finden. Nun kann ich diesen Schatz meinen Nachkommen hinterlassen.

In die Kiste kommen:
- Meine Besitzurkunden vom Notar und die Auszüge vom Grundbuchamt.

- Unterlagen über meine Geschäftsanteile bei der Volksbank und Bankauszüge vom Girokonto.
- Unterlagen über mein Aktiendepot bei der Volksbank.
- Sparbücher der Sparkasse und Volksbank.
- Meine Buchverträge mit dem Verlag und die Rechte an meinen Büchern.
- Goldmünzen und Silbermünzen.
- Bargeld.
- Goldketten und Silberketten.
- Ringe.
- Eine Aufstellung über den gesamten Hausrat.
- Ein Testament (noch nicht aufgesetzt).
- Anweisungen für die Bestattung.

Die Schatzkiste bleibt mitten in der Wohnung und wird nicht versteckt. Einbrecher finden jedes Versteck, deshalb ist es sicherer, die Kiste gut sichtbar stehen zu lassen. Am besten setze ich mich drauf.

Nein, eigentlich ist es mir egal, was mit dem Zeug passiert, wenn ich nicht mehr da bin. Ich habe nichts mehr davon und mitnehmen kann ich auch nichts. Da wo ich mal hinkomme, würden die Papiere verbrennen und das Gold sogar schmelzen.

61. Doppelmoral
*Wasser predigen
und Wein saufen.*

Mit der Doppelmoral ist das so eine Sache. Es sind immer die anderen, auf die wir schimpfen. Die Politiker, die Geistlichen, die da oben. Wie man aus den folgenden Beispielen sehen kann, sind wir aber keinen Deut besser.

Natürlich machen Politiker immer Versprechungen, die schon am Wahlabend wieder vergessen sind. Deshalb haben sie auch üblen Mundgeruch, von den faulen Versprechungen.

Millionen Bürger meckern und schimpfen über den Staat, beziehen aber Hartz IV. Sie sollten doch mit dem zufrieden sein, was sie geschenkt bekommen.

Der Stammtischler jammert über den Klimawandel, fährt aber mit dem Auto zum nächsten Zigarettenautomaten.

Frauen sind betroffen über Kinderarbeit in Bangladesh, kaufen aber Klamotten bei KIK.

Hausfrauen jammern über das Aussterben der kleinen Einzelhändler, kaufen aber selbst beim Discounter.

Fußballfans beklagen sich über die Gehälter der Profis, kaufen aber jeden bescheuerten Fanartikel und rennen dauernd ins Stadion.

Die Wähler stellen an die Politiker höhere moralische Anforderungen, als an sich selbst.

Moslems sollen sich eingliedern, wird aber in der Stadt eine Moschee gebaut, stellen sich alle quer und wollen das verhindern.

Die Bayern sind strikt gegen die Legalisierung von Haschisch und Marihuana, lassen sich aber auf dem Oktoberfest bis zum Anschlag vollaufen.

Die Leute regen sich über Gammelfleischskandale auf, aber der Döner kann nicht billig genug sein.

Ganz typisch sind die US-Amerikaner. Eine blanke Brust im Fernsehen löst einen nationalen Skandal aus, aber die Hälfte aller weltweiten Pornofilme werden in den USA produziert.

Der DFB steht für *Keine Macht den Drogen*, aber überall sieht man Bierwerbung. Und der Bierhoff heißt auch noch so.

Wir regen uns über Promis auf, die ihren Wohnsitz im Ausland haben und in Deutschland keine Steuern zahlen. Aber versucht nicht jeder, bei seiner Steuererklärung das Finanzamt zu bescheißen?

Wir sollten uns mal an der eigenen Nase fassen und einsehen, Doppelmoral gilt nicht nur für die anderen.

62. *Geldanlagen*
Wer in Alkohol investiert
bekommt satte 80%

Nachdem ich in meiner Wohnung immer noch kein sicheres Geldversteck gefunden habe, musste ich eine Entscheidung treffen. Wohin also mit dem Geld?

Vielleicht sollte ich es unter den Armen verteilen, jeweils die Hälfte unter dem linken Arm und unter dem rechten Arm (ein uralter Witz). Nein, ich werde es anlegen. Die Finanzfachleute raten ja zu Aktien, kaufen aber selbst keine.

Als sicher galten mal die Automobilriesen. Hätte ich Anteile von Daimler oder VW gekauft, hätte ich die Hälfte meines Vermögens verloren.

Noch sicherer waren die großen Banken. Ich glaubte aber nicht daran, sonst hätte ich bis zu 90% meines Kapitals verloren.

Energie braucht doch jeder, denke ich. Hätte ich auf die Energieversorger E.ON, EnBW, oder RWE gesetzt, wäre ich der Dumme gewesen. Und bei Fluggesellschaften wäre mein Geld davongeflogen.

Den Goldkurs habe ich auch verfolgt. Komisch, beim Kauf ist der Goldpreis gerade hoch und wenn man verkaufen will, ist er im Keller. Egal für was ich mich entscheide, am Ende bin ich doch der Verlierer.

Im Endeffekt bleibt nur noch eines übrig, Grundbuch statt Sparbuch. Ein Grundstück, ein Garten, eine Wiese, ein Bauplatz, eine Eigentumswohnung oder ein Haus. Das bringt zwar alles keine Zinsen, ist aber die sicherste Anlage, die es gibt.

Ich glaube, ich kaufe mir einen Garten mit ein paar Obstbäumen. Dafür reicht mein Erspartes. Und wenn die Wirtschaft zusammenbricht habe ich wenigstens etwas zu essen.

63. Weg mit dem Bargeld
Über Geld spricht man nicht,
aber verschenken darf man es.

Nachdem ich mir den Kopf zerbrochen habe, wohin mit meinem Geld, erfahre ich nun, dass die Regierung plant, das Bargeld ganz abzuschaffen.

Das ist der größte Schwachsinn, den ich je gehört hatte und gerade weil es so unglaublich klingt, muss es wahr sein.

Als erstes wird der 500-Euro-Schein abgeschafft. Das stört die meisten gar nicht, weil sie noch keinen gesehen haben. Ich bin auch dafür. Sinnvoll wäre auch die kleinen Münzen abzuschaffen, also 1 Cent, 2 Cent und 5 Cent. Das wäre ein Fortschritt und ich würde sofort zustimmen.

Bis jetzt war alles noch vernünftig. Aber nun möchte die Regierung, dass wir alles mit Kreditkarte bezahlen. Ich war immer ein Gegner von Online-Banking. Ich traue der ganzen Sache nicht. Ich habe auch keine Kreditkarte und möchte auch weiterhin keine. Ich habe auch kein Smartphone. Ich bin ein Dinosaurier mit einem Festnetzanschluß.

Wenn nun das echte Geld abgeschafft wird, braucht jeder eine Geldkarte und ein Smartphone. Alles hängt nun von der Technik ab. Die Geräte dürfen keinen Defekt haben. Auch das Lesegerät des Verkäufers muss funktionieren und das Handy muss Empfang haben.

Wenn eines der Geräte nicht funktioniert, bekomme ich meinen Einkauf nicht. Mit Bargeld funktioniert das immer. Bargeld ist zuverlässig.

Wie sicher ist das virtuelle Geld? Die Internet-Kriminalität nimmt immer mehr zu und eines Tages ist mein Konto leergeräumt und ich weiß noch nicht mal von wem. Wird mir der Geldbeutel geklaut ist nur das weg, was ich gerade dabei habe.

Ein weiteres Problem kommt dazu. Jeder Einkauf, auch die kleinsten Dinge, taucht auf meinem Konto auf. Wenn ich dann die Kontoauszüge ausdrucke stehe ich eine Stunde am Drucker.

Gewinner sind eindeutig die Banken. Für jede Buchung wird eine Gebühr fällig. Außerdem können sie sehen, was ich alles eingekauft habe. Bestimmt stecken diese hinter der ganzen Kampagne.

Einen Vorgeschmack erlebe ich schon bei Amazon. Wenn ich die Webseite öffne sind ganz unten Bilder aller Dinge, die ich in den letzten Jahren überAmazon gekauft habe.

Ich denke, keine Regierung kann es riskieren, das Bargeld abzuschaffen. das wäre politischer Selbstmord.

In unserer Gesellschaft leben immer mehr Ältere und gerade diese tun sich schwer mit digitalen Geräten. Aus Respekt vor diesen Wählern lässt man sich also noch sicher einige Jahre Zeit mit der Abschaffung des Geldes. So lange, bis die heute Jüngeren dann auch die Älteren sind.

Vielleicht kommen wir wieder zum Tauschhandel zurück, wie im Mittelalter oder wie in der Nachkriegszeit.

Und denkt eigentlich jemand an die ehrlichen Taschendiebe und Räuber? Da werden ja schon wieder berufe überflüssig.

64. Immer die Radfahrer
Ein Radrennfahrer
muss seinen Hintern
besser pflegen, als sein
Gesicht (Rudi Altig).

Sie werden immer mehr auf unseren Straßen und Gehwegen, die Radler. Ich gehöre auch dazu, aber ich halte mich an die Regeln, meistens. Aber auf dem Gehweg fahre ich grundsätzlich nicht.

Da ich fast täglich mit dem Rad unterwegs bin ist mir aufgefallen, dass es da ganz verschiedene Typen gibt. Da wäre einmal der *Konservative.* Sein Rad bekam er zur Konfirmation in den 1950er Jahren und damit fährt er heute noch. Das Fahrrad hat alles was man früher brauchte: Stahlrahmen, Stahlfelgen, Ledersattel und 3-Gang Nabenschaltung. Die technische Entwicklung ist spurlos an ihm vorbeigegangen. Was man früher nicht hatte, braucht man heute auch nicht. An dem Rad funktioniert noch alles. Gut die Bremse ist etwas schwach, von den Gängen funktioniert nur noch einer, die Beleuchtung ist etwas trüb. Der Fahrer fährt immer rechts, gibt Handzeichen und fährt niemals auf dem Gehweg.

Der nächste Typ, der *Mountainbiker*, ist das krasse Gegenteil. Er hat kein Fahrrad sondern ein Bike das er in einem Bike-Shop für 2000 Euro gekauft hat. Es hat 27 Gänge, hydraulische Scheibenbremsen und Vollfederung. Die wichtigsten Teile, damit man es praktisch nutzen kann, fehlen jedoch. Es hat keinen Gepäckträger und keine Schutzbleche. Es hat keine Beleuchtung und keinen Ständer. Das Gepäck muss der Biker wie ein Esel auf dem Rücken tragen. Weil der Ständer fehlt, muss er das Bike immer auf dem Boden ablegen. Wobei es dreckig wird. Schmutzig wird auch der Biker selbst, wenn er durch Schlamm und Pfützen fährt. Verkehrsregeln sind für ihn nur eine Empfehlung. Aber er trägt immer einen Helm.

Seit neuem sieht man auch den *Reiseradler*. Sein Fahrrad ist so teuer, wie das des Mountainbikers hat aber reichlich Anbauten. Es hat hinten einen großen Gepäckträger und an den Seiten des Vorderrades Lowrider-Gepäckträger. Damit kann er das erforderliche Gepäck gleichmäßig verteilen, wenn er die Sahara durchquert. Aber vielleicht fährt er auch nur an den Rhein und zeigt, dass er in der großen weiten Welt zu Hause ist.

Ein ganz seltener Typ ist der *Umsichtige*. Man sieht ihn nur am Wochenende und immer in Begleitung kleinerer Radfahrer. Er passt auf, dass seine Kinder Pfützen oder Laternenmasten ausweichen. Dabei übersieht er selbst ein Schlagloch und steigt über den Lenker ab.

Natürlich gibt es auch noch den *Angeber*. Er hat ein Karbon-Rennrad, das soviel Kostet wie ein Mittelklassewagen. Er traut sich nicht, das Rad irgendwo abzustellen. Es könnte ja geklaut werden. Aus Sicherheitsgründen bleibt es dauernd in der Garage.

Den *Grünen* mit seinem Schrottrad will ich auch nicht vergessen. Der Rahmen ist rostig, das Vorderrad hat einen Achter, die Gangschaltung ist tot. Von den Bremsen geht nur noch eine und die Klingel ist kaputt. Das stört aber nicht, denn das Klappern der losen Schutzbleche und das quietschen der rostigen Kette hört man meilenweit. Der Scheinwerfer hängt traurig herunter, weil er von dem abgerissenen Kabel keinen Strom vom fehlenden Dynamo bekommt. Das Rad hat aber einen eingebauten Diebstahlschutz. Kein Dieb wird ein solches Schrottrad mitnehmen, selbst wenn man noch 10 Euro auf den Gepäckträger klemmt. Auf dem Abstellplatz des Bahnhofes findet man solche Räder in großer Zahl.

Natürlich gibt es auch noch den *Lässigen*. Er braucht weder Bremsen noch Schutzblech noch Gepäckträger. Sein Dress besteht aus einer alten Jeans und einem zerrissenen T-Shirt. Auf seinem Fixie kann er so gut wie nichts transportieren. Wozu hat der überhaupt ein Fahrrad?

Manchmal begegnet mir auch der *Aggressive*. Meistens bei Vollmond. Er hat es immer eilig, überfährt rote Ampeln oder Fußgänger.

Der größte Feind der Autofahrer ist aber der *Schleicher*. Er hat viel Zeit, mehr Zeit als die Autofahrer, die hinter ihm sind und nicht vorbeikommen. Er fährt meistens ein Hollandrad und dass er die anderen Verkehrsteilnehmer in den Wahnsinnn treibt bekommt er gar nicht mit.

Gern gesehn ist auch der Hundebesitzer. Ein langsamer, älterer und unsicherer Radfahrer mit einem schlecht erzogenen Hund an der Leine. Er fährt nach rechts, der Hund zieht nach links. In Schlangenlinien geht es weiter. Überholen ist unmöglich. Versucht man es doch, wird der Senior selbst zum Kläffer.

Immer häufiger trifft man nun E-Biker mit ihren Pedelecs. Obwohl der Motor den Radler unterstützt sind viele E-Biker noch langsamer unterwegs als gleichaltrige ohne Motor. Vielleicht liegt es daran, dass die meisten nicht wissen, wie so ein E-Bike funktioniert.

Ganz selten sieht man einen *Liegeradfahrer*. Er fährt in einer anderen Dimension. Irgendwo in der Unterwelt. Wozu ein Liegerad gut sein soll ist mir ein Rätsel. Wenn man einmal von einem Giga-Liner überholt wird, stellt man das Liegerad ganz schnell in den Keller.

Nein ich habe sie nicht vergessen. Die *Radlerinnen*. Sie bevorzugen das Hollandrad und Lenkstangen, die sich um den Körper biegen. Man muss sie hinter dem Rücken anfassen. So kann man doch nicht Radfahren?

Den besten Ruf hat der *Fahrradkurier*. Natürlich fährt er auch mal über eine rote Ampel, aber er ist seltener auf dem Gehweg unterwegs. Und eines kann er - Radfahren.

Bleibt nur noch der *Geldmensch*. Er hat ein Boot am Gardasee, in der Garage fünf Oldtimer und ein Haus auf Sylt. Sein Fahrrad heißt Woodbike oder Waldmeister und kostet rund 13.000 Euro. Der Rahmen ist aus deutscher Birke oder vietnamischem Bambus. Bald wird es auch in kanadischer Zeder geliefert. Das Holzrad ist in Krisenzeiten wertvoll.

Wenn es kalt wird, kann man damit ein Feuer machen.

Nachdem ich nun alle Typen beschrieben habe, möchte ich einen nicht vergessen. Mich selbst. Seit meiner Jugend fahre ich mit dem Fahrrad. Zuerst hatte ich ein Tourenrad, dann ein Rennrad, dann ein Mountain-Bike, danach einen Beach-Cruiser und seit einem halben Jahr ein Fatbike.

Wer braucht ein Fatbike, richtig - keiner. Das Fatbike gehört zu den nice-to-have Produkten, also Dingen die man nicht braucht aber trotzdem haben möchte. Braucht jemand einen Ferrari oder einen Lamborghini? Dafür hat es bei mir nicht gereicht, aber ein Fatbike konnte ich mir leisten.

Ich suchte lange im Internet, bis ich eines fand, das mir gefiel und weniger als 1000 Euro kostete. Mein Fatbike Bigfoot wurde unter 500 Euro angeboten. Bestellt habe ich es bei einer Firma aus Irland, geliefert wurde es von einem Hersteller aus Italien. Das ist Globalisierung. Ich musste noch nicht mal 5 Tage darauf warten. Meinen Beach-Cruiser erhielt ich damals aus China und die Lieferung dauerte ein halbes Jahr.

Als ich das Fatbike auspackte sah es noch besser aus, als auf dem Bild im internet. Ich musste nur den Lenker gerade machen und die Pedale anschrauben. Das erste Pedal ging ziemlich leicht. Bei dem zweiten wurde ich fast verrückt. Es ließ sich einfach nicht aufschrauben. Zunächst war ich ratlos. Dann dachte ich an das Internet. In solchen Fällen ist das Internet eine große Hilfe. Ich fragte bei Google, warum sich das Pedal nicht anschrauben ließ. Prompt kam die Antwort: Ein Pedal hat Linksgewinde, das andere hat Rechtsgewinde. Das hat man so gemacht, dass sich die Pedale beim Fahren nicht aufschrauben. Das war also das ganze Geheimnis. Ich ging sofort runter in den Keller und in wenigen Minuten war das Pedal angeschraubt. Nun konnte ich meine erste Probefahrt machen.

Schon erregte ich bei den Leuten Aufsehen. Räder mit solch dicken Reifen sah man noch selten. Es ließ sich auch ganz gut fahren, obwohl es nur 7 Gänge hat. Aber für Berge ist es nicht geeignet. Außerdem kostet es bei der Fahrt mehr Kraft, da die dicken Reifen einen höheren Rollwiderstand haben. Inzwischen fahre ich schon den ganzen Sommer damit und bin immer noch begeistert. Das Rad ist ein echter Hingucker und immer wieder werde ich gefragt, wie es sich fährt. Allerdings hat das Rad keine Federung. Es federt allein durch die dicken Reifen.

Wo kommt dieses Rad mit den dicken Reifen eigentlich her? Ursprünglich wurde es vom kanadischen Militär entwickelt, damit Soldaten sich in schwierigem Gelände oder im Schnee fortbewegen können. Es ist der Geländewagen unter den Fahrrädern. Die Amerikaner haben schnell erkannt, das dieses Rad zum Trend werden kann und sie hatten recht. Nun hat dieser Trend auch Europa erreicht und damit auch mich.

Ich wage mal eine Prognose. In 2 bis 3 Jahren sehen wir mehr Fatbikes auf den Straßen als andere Fahräder. Dieses Rad wird zum Kult.

Ein Bekannter, auch ein begeisterter Radfahrer, sah mich mit dem neuen Rad fahren und meinte: *Du sitzt ja auf dem Rad wie der Affe auf dem Schleifstein.* Er hatte recht. Ich stellte den Sattel höher und schon fuhr ich leichter. Aber woher hatte er diesen Ausdruck? Ich sah sofort im Internet nach und wurde fündig.

Früher kamen Scherenschleifer in den Ort. Um Kunden anzulocken hatten sie oft ein kleines Äffchen dabei. Hatten sie gerade nichts zu Schleifen, saß der Affe auf dem Schleifstein. Daher kommt der Ausdruck. Jetzt bin ich schon wieder schlauer.

65. *Der Radweg*
Radfahren ist gut für die Jugend,
es hält sie von der Straße fern.

Von meinem Stadtteil führt ein Fußweg (Davosweg) bis zum Stadtrand. Parallel dazu ist auch ein Radweg. Nun sollten Radfahrer auf dem Radweg fahren (benutzungspflichtig) und Fußgänger auf dem Fußweg bleiben. Das wäre logisch. Aber irgendetwas läuft da schief. Radfahrer fahren auf dem Wanderweg (Davosweg) und Fußgänger gehen auf dem Radweg. Dafür gibt es aber Gründe.

Der Fußweg ist zwar breiter als der Radweg aber in einem miserablen Zustand. Schlaglöcher, Risse und Frostaufbrüche machen ihn eigentlich nicht begehbar. Frauen mit Kinderwagen, die bei schönem Wetter in die Stadt gehen, können den Fußweg nicht benutzen. Deshalb weichen sie auf den Radweg aus. Dieser ist zwar schmal, aber glatt asphaltiert und hat keine Löcher. Dazu kommen die Hundebesitzer, die ihre Hunde auf den Wiesen links und rechts vom Radweg laufen lassen. Für die Radfahrer ist kein Platz mehr und diese weichen nun auf den Fußweg aus.

Wenn ich als Fußgänger auf dem Weg unterwegs bin werde ich laufend von Radlern überholt. Da die meisten keine Klingel haben fallen mir jedesmal vor Schreck die Ohrstöpsel meines MP3-Players aus den Ohren.

Ich habe die Situation in einem Leserbtrief angesprochen und die Stadtherren aufgefordert, entweder den Radweg zu verbreitern (das wäre möglich) oder den Davosweg zu asphaltieren. Beides kostet natürlich Geld. Der Leserbtrief wurde veröffentlicht und von den Satdtvätern auch gelesen.

Zwei Wochen später war ich wieder zu Fuß in die Stadt unterwegs. Ich war überrascht, die Stadt hatte tatsächlich reagiert. Der Fußweg war zwar immer noch voller Schlaglöcher und der Radweg immer noch zu schmal, aber irgendetwas war anders. Am Anfang des Fußweges war nun ein Schild angebracht. Es war ein blaues Schild, auf dem Fußgänger und ein Fahrrad abgebildet waren.

Damit war es den Radfahreren nun offiziell erlaubt, auch den Fußweg zu benutzen. So löst man in Pforzheim Probleme.

Als ich vor einigen Tagen mit meinem Fatbike diesen Fußweg benutzte, war das selbst mit dem Fahrrad eine Zumutung. Ich dachte, ich müsste einen wilden Mustang zureiten. So hat es mich durchgeschüttelt. Diesen Weg kann ich nicht mehr empfehlen.

Nun wollen sie Pforzheim auch noch zu einer Radfahrerstadt machen, so wie Münster oder Karlsruhe. Aufgrund der Topologie ist das aber nicht möglich. Trotzdem bauen sie überall schon mal Fahrradständer, an denen man sein Rad anschließen kann. Irgendwann folgen dann auch die Radwege.

Wir haben schon schöne breite Radwege. Links und rechts der Karlsruher Straße auf der Wilferdinger Höhe. Ich bin oft dort zum Einkaufen. Einen Radfahrer habe ich noch nicht gesehen.

Wir haben schon einige Radwege entlang der Flüsse aber ich benutze sie nicht mehr. Warum?

Weil ich es nicht schaffe, über Lastwagen zu fahren, die auf dem Radweg abgestellt sind (Davos-Wiesen).

Weil der Radweg plötzzlich aufhört, ohne Hinweis wie es weitergeht (Würmtal).

Weil, es kein Radweg ist, sondern eine Baustelle (Habermehlpfad).

Weil der Radweg durch Schlaglöcher, Frostaufbrüche und Bodenwellen nicht mehr benutzt werden kann (Enzauen).

Weil Fußgänger auf dem Radweg gehen (überall).

Weil ich keinen Besen dabei habe, um die Scherben zerbrochener Wodkaflaschen wegzufegen (Steinerne Brücke).

Weil der Radweg mal wieder gesperrt war und vergessen wurde, die Schilder wieder abzuräumen (am schwarzen Wegle).

Weil Helme schlecht gegen Eisenpfosten in Höhe der Weichteile schützen (Entensteg).

Weil auf kombinierten Rad/Fußwegen nicht genug Platz ist für Radler, Fußgänger und Hunde.

Weil ich quer über den Radweg gespannte Hundeleinen bei Dunkelheit zu spät sehe (Katzensteg).

Weil ich Angst vor freilaufenden Hunden ohne Beißkorb habe (überall).

Weil Kleinkinder auf dem Fahrrad frontal auf mich zu kommen und dabei in die Luft schauen.

Im Moment fällt mir nichts mehr ein. Aber auf der Straße bin ich mit meinem Bike auf jeden Fall sicherer.

Wir haben auch einen klaren Trend. Immer mehr Rentner fahren Pedelec. Sie erzeugen keinen Feinstaub und wenig Abgase. Und sie sind geräuscharm. Wenn immer mehr dem-Trend folgen wird die Regierung für das Radfahren sicher bald eine Steuer erheben. Ja lachen sie nur, aber in zwei bis drei Jahren vergeht ihnen vielleicht das Lachen.

66. Zum Schluss das Allerletzte: Der Notfallkoffer
Der Noko -
Der Notfall-Koffer

Vor vielen Jahren musste ich schnell ins Krankenhaus und konnte nur das Nötigste einpacken. Ich hatte zwar einen Notfallkoffer für diesen Fall vorbereitet, konnte ihn aber nicht mehr mitnehmen.

Den Koffer, einen Trolly mit Rädern und ausziehbarem Handgriff, hatte ich gut sichtbar auf dem Schrank deponiert. Darin waren T-Shirts, Unterwäsche, Socken, Sporthose, Waschzeug und Rasierzeug.

Nun habe ich es nicht gerne, wenn Verwandte in meinem Schrank rumwühlen. Die Pornosammlung habe ich versteckt, dass sie nicht gerade darüber stolpern. Trotzdem ist es mir unangenehm.

Zu einer guten Bekannten hatte ich mehr Vertrauen, gab ihr die Schlüssel und bat sie, mir doch den Trolly ins Krankenhaus zu bringen. Bei der Gelegenheit könnte sie auch gleich Staub wischen und Saugen. Das habe ich natürlich nicht gesagt. Darauf kommt sie schon alleine.

Als sie unterwegs in meine Wohnung war fiel mir ein, auf dem Schrank stehen ja drei Koffer. Hoffentlich bringt sie denn richtigen. Neben dem Trolly hatte ich noch einen Picknickkoffer, mit Tellern und Gläsern, Besteck, Salz- und Pfefferstreuer usw. Den hatte ich mal gewonnen, aber Picknick hatte ich noch nie gemacht. Aber vielleicht brauche ich ihn doch mal. Was im dritten Koffer ist, bleibt vorerst ein Geheimnis.

Am Abend kam meine Bekannte und raten sie mal, was sie mitgebracht hatte? Sie haben es erraten, es war der Picknickkoffer. Wenn ich jemand einen Koffer ins Krankenhaus bringen soll, dann schaue ich doch zumindest vorher kurz rein. Es könnten ja Bücher drin sein. Oder eine tote Katze. Oder die Pornosammlung.

Ein Glück, dass sie nicht den dritten Koffer mitbrachte. Das war der mit der Pornosammlung, pardon mit den Kulturfilmen. Im Krankenhaus hat man ja gar keine Möglichkeit, die Filme abzuspielen.

Wenigstens konnten wir über die Verwechslung lachen und am nächsten Tag bekam ich dann meinen Trolly.

Inzwischen sind viele Jahre vergangen und den Notfallkoffer brauchte ich nie mehr. Das ist auch gut so. Aber neugierig war ich schon und holte ihn vom Schrank herunter. Ich war gespannt, was mich erwartet. Wahrscheinlich waren die T-Shirts inzwischen von den Motten aufgefressen worden. Ich öffnete ganz vorsichtig den Koffer und - alles war in Ordnung. Die T-Shirts waren wie neu. Allerdings einen Unterschied gab es schon. Die T-Shirts hatten Größe L. Ich habe aber in den letzten 15 Jahren etwas zugelegt und brauche inzwischen XXL. Auch die Unterwäsche war zu klein. Ich nahm die Klamotten und setzte sie in ein Schrankfach. Vielleicht würden sie irgendwann mal wieder passen. Das ist natürlich Quatsch. Ich werde nie wieder Größe L tragen können. Natürlich brachte ich alles zum Altkleidercontainer. Den Koffer füllte ich mit neuen Sachen in der richtigen Größe. Mal sehen, wie es in weiteren 15 Jahren aussieht.

Inzwischen gibt es solche Notfallkoffer auch zu kaufen. Sie sind knallrot und haben einen weiße Aufschrift: *Notfallkoffer*. Außerdem ein weißes Kreuz, für die ganz Blöden. Allerdings sind die Koffer ohne Inhalt. Füllen muss man sie schon selbst.

Meine bisher erschienen Bücher:

1. Ein Schlemihl mit zwei linken Füßen
2. Schlemihls Kapriolen
3. Die heimliche Galerie
4. Die Königin von Eschnapur
5. Schlemihl und Schlimasl
6. Maghrebiner unhd Muselmanen
7. Purzel und seine Freunde
8. Mein Cooles Bike
9. Teufelskanzel und Hexenbrunnen
10. Kowalski
11. Charly der Berber
12. Der Katzenhasser
13. Lustige Geschichten aus Pforzheim
14. Typisch Deutsch
15. Unglaubliche Geschichten aus aller Welt
16. Wahre Geschichten von Damals und Heute